HUBERT HAENSEL

DAS VURGUZZ-IMPERIUM

Perry Rhodan

HUBERT HAENSEL

DAS VURGUZZ-IMPERIUM

BSV

Die Deutsche Bibliothek CIP–Einheitsaufnahme
Haensel, Hubert: Das Vurguzz-Imperium / Hubert Haensel. -
1. Aufl. - Nürnberg: BSV, 1998
(Perry Rhodan; Bd. 412)
ISBN 3-932234-58-8

Lieferbare Titel:

Tuulemas Welt 404 ISBN 3-932234-50-2
Rückkehr nach Derogwanien 405 ISBN 3-932234-51-0
Das Syndikat der Mächtigen 406 ISBN 3-932234-52-9
Der programmierte Attentäter 407 ISBN 3-932234-53-7
Dragon Tower 408 ISBN 3-932234-54-5
Geheimkommando Iprasa 409 ISBN 3-932234-55-3
Raumschiff zu verkaufen 410 ISBN 3-932234-56-1
Das Versteck der Sternengarde 411 ISBN 3-932234-57-X

ISBN 3-932234-58-8 - 1. Auflage 1998

Redaktion: Klaus N. Frick
Illustrationen Cover und Innenteil: Swen Papenbrock
Covergestaltung: Susanne Gebert
Satz: Martina Memmler
Druck: Elsnerdruck GmbH
Printed in Germany

Inhalt:

Entdeckung

Kapitel 1

Todgeweihte

»Ende der Linearetappe in acht Minuten ... Erbitte neue Dateneingabe ...«
Unbeantwortet verhallte die Stimme des Hauptcomputers in den Korridoren und Räumen des Kugelraumers. Gut die Hälfte der Bildschirme war erloschen, die übrigen zeigten nur das wesenlose Wogen des Linearraums – und eine Sonne im Zentrum des Fadenkreuzes.
Wie von Geisterhand bewegt rasteten Hebel neu ein. Das leise Klicken blieb das einzige Geräusch in der Zentrale.
»Ende der Linearetappe in sechs Minuten. Achtung, Notfall! Die Rücksturzkoordinaten liegen innerhalb der Sonnenkorona.«
Tief im Bauch des Schiffes veränderte sich das satte Brummen der Konverter; ein Schwarm blutrünstiger Mücken schien sich den Weg durch die EX-313 zu bahnen. Zunehmend schriller und bösartiger wurde der Ton. Warnanzeigen erwachten auf den Konsolen; ein geisterhaftes rotes Flackern huschte durch die Zentrale.
Aus einem der Kontursessel erklang ein gequältes Husten und brach röchelnd wieder ab.
»Erbitte Korrekturdaten!« begann der Hauptcomputer

erneut. »Rücksturz in nunmehr vier Minuten und dreißig Sekunden ...«
Das Husten wiederholte sich, diesmal begleitet von dem Versuch, Worte zu artikulieren. Eine menschliche Stimme wurde deutlicher: »Die Koordinaten beibehalten ... Schirmfelder desaktivieren!«
»Stimmabdruck identifiziert«, reagierte die Positronik. »Funkoffizier Marten LaGrange, dein Befehlsstatus erstreckt sich nicht auf die Defensivfelder.«
Weitere Aggregate erwachten zu computergesteuertem Leben. Der Widerschein holographischer Darstellungen entriß starre Gesichter der Düsternis.
»Ende des Überlichtflugs in drei Minuten; Kurskorrektur erforderlich. Dies ist ein Notfall!«
Aus tief in den Höhlen liegenden, blutunterlaufenen Augen fixierte LaGrange den Panoramaschirm. Sein Gesicht wirkte ausgemergelt, rissig spannte sich die Haut über den hervortretenden Wangenknochen. Schweißperlen glitzerten im Widerschein der Instrumentenbeleuchtung.
Mit einer fahrigen Handbewegung fuhr sich Marten LaGrange durchs Haar. Dichte Büschel blieben zwischen seinen Fingern hängen, aber das schien ihm nicht weh zu tun.
»Logbuchaufzeichnung!« brachte er heiser hervor. Das war unnötige Routine, aber er bemerkte es nicht einmal. »Alle medizinische Hilfe hat versagt – wir werden ohnehin sterben. Also keine Kurskorrektur – ich wiederhole: keine Kurskorrektur.«
Auf dem Panoramaschirm wurden die letzten beiden Minuten als grafische Anzeige eingeblendet.
Blechern, beinahe schrill plärrte die Computerstimme. Zumindest empfand LaGrange die Stimme so.
Vor ihm blinkte die Aufforderung, den neuen Kurs zu bestätigen. Sekundenlang verharrte seine Hand zitternd

über dem Sensorfeld, dann ließ er die Faust auf die Desaktivierung krachen. Das Blinken erlosch.
»Vergib mir, Gott …!«
Ächzend sackte der Offizier in sich zusammen. Ein dünner Blutfaden sickerte aus seiner Nase hervor.
Noch sechzig Sekunden…
Vorbei alle Hoffnungen und hochtrabenden Pläne. Ausgelöscht von einem unbekannten Erreger, der nicht einmal mit den Mitteln der Medostation hatte identifiziert werden können. Wie würde es sein, im Glutofen der Zielsonne zu verbrennen? Ein schneller und schmerzloser Tod hoffentlich. Alles, was von dem stolzen Sechzig-Meter-Schiff und seiner Besatzung blieb, ein paar Photonen, die bis in alle Ewigkeit das Universum durcheilten? Seltsame Gedanken angesichts der eigenen Vergänglichkeit.
Bebend, mit geschlossenen Augen wartete LaGrange auf die alles verbrennende Hitze.
»Aktivierung des Notfallprogramms erfolgt, ich nehme eigenständig die erforderliche Kurskorrektur vor. Noch fünfzehn Sekunden …«
Nein! wollte LaGrange schreien. *Neeeiiinnn! Das darfst du nicht tun!* Doch über seine Lippen drang nur ein klägliches Gurgeln.
Die Wiedergabe auf den Schirmen wechselte. Gelborangefarbenes Licht überflutete die Zentrale der EX-313, doch die Sonne stand weit entfernt – viel zu weit, als daß ihr atomares Feuer die Erlösung gebracht hätte.

Tot – der Mann war tot, aber er hatte noch im Sterben gelächelt, als sei das Ende eine Erlösung für ihn gewesen. Mit dem Rücken lehnte er an der Wand und schien zu schlafen. Vornübergesunken sein Kopf, die Hände im Schoß gefaltet. Nur das in den Mundwinkeln geronnene Blut

störte das Bild scheinbaren Friedens.
Sie sterben wie die Fliegen, schoß es Frank Sattros durch den Sinn, *sie...* Mit einer unwilligen Bewegung wischte er sich den Schweiß von der Stirn. Nach eineinhalb Jahren Gemeinsamkeit erschien es ihm wie Verrat, die Crew plötzlich mit der Distanz eines Unbeteiligten zu sehen. *...weil ich mich davor fürchte, ebenso zu enden. Und weil ich selbst inzwischen lieber den Kopf in den Sand stecke, als mich der Wahrheit zu stellen.*

Fast achtzehn Monate lang hatte jeder an Bord des Schiffes geglaubt, das Glück gepachtet zu haben. Dreißig bislang unbekannte Sonnensysteme hatte der Explorer angeflogen, insgesamt einhundertundacht Planeten, und wo das Leben Fuß gefaßt hatte, war dies in überwältigender Fülle geschehen.

Wie und wo der aggressive Erreger an Bord gelangt war, blieb ein Rätsel. Fünfzehn Tote gab es inzwischen, das war mehr als die Hälfte der Besatzung. Und ein völliges Versagen der Medizin.

Wann war die EX-313 aus dem Linearraum gefallen? Vor fünf Minuten oder zehn? Ausgerechnet jetzt ließ Frank Sattros sein Zeitgefühl im Stich. Eine Ewigkeit schien vergangen zu sein. Erinnerungsfetzen drängten sich ihm auf, seltsam starre Bilder, ein Kaleidoskop von Momentaufnahmen, die ihm nur die eigene Verwirrung zeigten.

»Du hast gelernt, die Hoffnung nie aufzugeben, Frank. Also nimm dich zusammen!«

Dumpf war der Klang seiner eigenen Stimme. Sie erschreckte ihn. Deutlicher als zuvor spürte er die Knoten an seinem Gaumen. Auch an den Armen hatte er Wucherungen, nur im Gesicht noch nicht.

Siedendheiß wurde ihm bewußt, daß er seine Wangen mit der Akribie eines Fleischbeschauers abtastete. Krank-

heitserreger unterschieden nicht zwischen Militärs und Zivilisten – vor Biologen wie ihm hatten sie ebensowenig Respekt.
Neue Erinnerungsfetzen: eine schier unüberschaubare, triste Dachfläche hoch über den Wolken. Einsamkeit dort oben, aber zugleich die Nähe der Sterne. Blinkend zogen sie vorüber und wuchsen zu Kugeln, die hinter dem Horizont versanken.
Zwei Tage und zwei Nächte hatte der gerade erst fünf Jahre alte Frank auf dem Dach im 250. Stock eines New Yorker Wolkenkratzers zugebracht. Frierend und hungrig, aber glücklich hatte er seinem Traum von den Sternen nachgehangen. Als eine Suchmannschaft ihn endlich gefunden hatte, war es mit solchen »Ausflügen« für lange Zeit vorbei gewesen.
In seinen Kinderaugen waren schon Beiboote gigantische Stahlgebirge gewesen – heute stellte die 60-Meter-Kaulquappe für Frank nicht mehr als ein Gefängnis dar, eine enge Konservendose inzwischen.
Vor ihm glitt das Zentraleschott auf.
Nur noch eine Handvoll Männer und Frauen taten Dienst oder hatten es wenigstens versucht. Sie kauerten in sich zusammengesunken in ihren Sesseln und starrten mehr oder weniger apathisch vor sich hin.
Frank spürte den schalen Geschmack von Blut im Mund. Sekundenlang verschwamm alles vor seinen Augen; das Gefühl, in endlose Tiefe zu stürzen, wurde übermächtig. Dann hatte er sich wieder unter Kontrolle – und prallte zurück, als er das schweißüberströmte, bleiche Gesicht der Copilotin vor sich sah. Sie würde sterben. Als eine der nächsten. Das wußte sie selbst ebenfalls. Viel Zeit blieb ihr nicht mehr.
»Wir müssen dorthin, wo man uns helfen kann.«

Nein! schrie ihr Blick. *Nicht nach Terra zurück, nirgendwohin. Wir haben es nicht unter Kontrolle gebracht...*
Sie versuchte ein flehendes Lächeln, doch es wurde nur eine Grimasse daraus. Die Haut um ihre Mundwinkel platzte auf und begann zu bluten.
Immer häufiger wechselten Phasen der Euphorie mit tiefer Depression; dieses Aufwallen der Gefühle war unbeschreiblich. Nie zuvor hatte Frank Sattros die eigene Schwäche so deutlich erkannt.
Auf der anderen Seite der Zentrale klirrte ein Werkzeug zu Boden. Sattros erkannte, daß der Funkoffizier im Begriff war, eine Befehlseinheit aufzubrechen.
Noch immer stand die Sonne als Glutball auf den Schirmen, obwohl sich die EX-313 von ihr entfernte. LaGrange versuchte, die Sicherheitsschaltungen zu umgehen. Vielleicht war das wirklich die einzige Lösung.

Die Copilotin war gestorben. Wortlos ihr Abgang aus dieser Welt, ohne Haß oder Hader, nur von einem tiefen Seufzen begleitet. Ihren letzten Blick würde Sattros nie vergessen. Durchdringend hatte sie ihn angeschaut, mit einem Ausdruck, in dem sich alle Hoffnung des gequälten Individuums vereint hatte.
»Möge Gott deiner Seele gnädig sein.« Ohne darüber nachzudenken, drückte Frank der Frau die Augen zu.
Er fühlte sich leer und ausgebrannt, am Ende seiner Kräfte. Zögernd tastete er wieder mit den Fingerspitzen über sein Gesicht; diesmal spürte er Wucherungen unter der Haut, wie Feuer raste der Schmerz durch seine Nervenbahnen.
Langsam, bedächtig beinahe, schüttelte er den Kopf. »Wir müssen einen anderen Weg suchen, LaGrange!« stieß er heiser hervor. »Es gibt immer eine Chance.«
Der Funkoffizier achtete überhaupt nicht auf ihn.

»LaGrange, wir…«
Funkempfang. Von Störungen überlagert, hallte eine fremde Stimme durch die Zentrale. Flackernd stabilisierte sich ein holographisches Abbild. Der Unbekannte wirkte hager, beinahe ausgezehrt. Seine farblose Haut bildete einen harten Kontrast zu den roten Albinoaugen.
Der Mann mit dem hohen, eiförmigen Schädel war ein Ara, ein Galaktischer Mediziner. Seit Jahrtausenden besaß dieses Volk das Monopol für den Handel mit Medikamenten und Drogen, und es hieß, den Aras wären fast alle Geheimnisse von Körper und Geist bekannt.
Ausgerechnet jetzt waren die Aras nahe genug, daß auf der EX-313 ihr Funkspruch empfangen wurde.
»Computer, haben wir die Peilung des fremden Schiffes?«
Das war der Zufall, den Frank Sattros insgeheim herbeigesehnt hatte. Die Aras konnten zwar keine Toten wieder lebendig machen, aber sie hatten die Mittel, die letzten Überlebenden zu retten. Wer sonst, wenn nicht sie?
Ächzend ließ Frank sich in den Sessel des Funkers sinken. Die automatischen Ortungsergebnisse flimmerten vor ihm über den Monitor. Demnach stand das fremde Schiff weniger als zwölf Lichtjahre entfernt.
Sattros schaltete. Schwerfälliger als früher. Seine Finger klatschten auf die empfindlichen Sensoren. Dennoch blinkte nach wenigen Sekunden die Aufforderung, zu sprechen.
»Hier ist der terranische Forschungsraumer EX-313. Wir brauchen Hilfe, wir ...«
Sengende Hitze sprang Frank an und raubte ihm den Atem. Die wabernde Glut verbrannte seine Haare und die Augenbrauen, zähflüssiges Metall spritzte nach allen Seiten.
»Wir waren uns einig, daß wir niemanden gefährden werden.« Eindringlich winkte Marten LaGrange mit dem

Thermostrahler. »Niemanden«, wiederholte er. »Das gilt auch für ein Schiff der Aras.«
Knisternd huschten Kriechströme über halb geschmolzene, zerstörte Segmente.
»Damit haben Sie uns endgültig zum Tod verurteilt, Marten«, keuchte Sattros. »Warum erschießen Sie mich nicht? Oder besser, uns alle?«
»Ich bin kein Mörder. Ob Sie das begreifen wollen oder nicht, Frank, wir sind zu Märtyrern geworden.« LaGrange lachte schrill und abgehackt, sein Blick suchte die Bildschirme. »Wollen Sie abkratzen wie die anderen, genauso qualvoll sterben? Ich ziehe einen schnellen Tod vor, aber ich krieg' diese verdammte Automatik nicht herum – die Sonne ist unerreichbar geworden. Und bis wir auf den Planeten stürzen ...«
LaGrange riß erneut den Strahler hoch und drückte ab. Mehrere Schüsse trafen das Hauptkontrollpult in der Mitte der Zentrale. Das Geräusch prasselnder Entladungen vermischte sich mit heftigen Detonationen. Eine siedendheiße Druckwelle fegte Sattros von den Beinen, er schlug schwer auf und prallte rücklings gegen die Verankerung eines Sessels. Sekundenlang lag er wie gelähmt, sah Flammen züngeln und schweren, fetten Qualm, der nur zögernd dem Sog der Luftabsaugung folgte. Schaum quoll aus den Löschvorrichtungen, ein Meer von Schaum.
Inmitten des Chaos stand Marten LaGrange hoch aufgerichtet und winkelte den rechten Arm an.
»Nein!« keuchte Sattros halb erstickt. Seine Augen tränten von den ätzenden Dämpfen, die sich in der Zentrale ausgebreitet hatten. Wut und Verzweiflung packten ihn. »Nicht, Marten ... tun Sie's bitte ...«
Er würgte, rang nach Atem. Es war entsetzlich, mit ansehen zu müssen, wie sich Marten LaGrange selbst getötet hatte.

Frank stand lange mit geschlossenen Augen neben dem Leichnam und kämpfte mit sich selbst. Es war so leicht, den Strahler aufzuheben und allem ein Ende zu machen. Verlockend der Gedanke – doch eine Art von Flucht, die Frank nicht behagte. Irgendwann hob er dennoch die Waffe auf. Aber er entnahm lediglich das Energiemagazin und warf das Gehäuse in den Abfallvernichter.

Kapitel 2

Absturz

Frank Sattros erwachte von seinem eigenen Stöhnen. Er fror und hatte das Gefühl, längst zu einem Eiszapfen geworden zu sein, doch die Kälte kam von innen.
Unter seiner Schädeldecke marschierten Kampfroboter. Hundertschaften mußten es sein, deren Tritte ihn bis ins Mark erschütterten. Seine Lider waren schwer wie Blei. Er schaffte es nicht, sie zu öffnen und sich umzusehen, sondern spürte nur kühles Metallplastik unter seinen tastenden Händen und eine klebrige Nässe, die sich auf dem harten Untergrund ausgebreitet hatte. Es stank nach Erbrochenem, der Geschmack von Galle würgte ihn.
Frank vermochte später nicht zu sagen, wie lange er in diesem Zustand, einem Schweben zwischen Wachsein und Lähmung, verbracht hatte. Irgendwann jedenfalls förderte sein hartnäckiges Wühlen nach Erinnerungen verschwommene Fetzen zutage.
Er hatte getrunken, um die aufkommende Panik zu verdrängen – echten Bourbon, nicht das synthetische und fast alkoholfreie Zeug, das die Bordkombüse bot. Zuerst hatte der Whiskey die Schmerzen erträglicher werden lassen und die Furcht vor dem Tod vertrieben. Doch schon das halbe Glas hatte verheerend auf seinen geschwächten Körper

gewirkt, und nun brach sich der Katzenjammer um so heftiger Bahn.

Mühsam stemmte er sich hoch. Ihm wurde schwarz vor Augen. Er torkelte und prallte gegen den nächsten Sessel, klammerte sich jedoch mit beiden Händen an der Lehne fest.

Frank blinzelte, kniff die Augen zusammen. Aus der nebelhaft verschwommenen Suppe, als die er die Wiedergabe auf dem Panoramaschirm wahrnahm, schälte sich eine riesige, leuchtende Sichel hervor. Vergeblich versuchte er, den Planeten mit einer Hand zu erhaschen. Immerhin erkannte er, daß diese Welt Hoffnung bedeutete. Die fahle Aura einer Atmosphäre war deutlich genug.

»La…« Er wischte sich mit dem Handrücken über den Mund, doch der schale Geschmack blieb. »Landung einleiten!«

Keine Reaktion.

»Computer…«

Nichts.

»Verdammter Blechkasten.« Das kam aus tiefstem Herzen. Franks Fäuste hämmerten auf ein Kontrollpaneel. Er erreichte nichts damit. Der Planet wurde rasch größer, aber immer noch schwieg die Positronik. Über das Hauptkontrollpult zuckten fahle Entladungen, vielleicht lag dort die Ursache des Schweigens.

Frank Sattros hatte keine Ahnung, wie man ein Schiff wie die EX-313 heil nach unten brachte, das war nie seine Aufgabe gewesen. Traf der Kugelraumer zu flach auf die Atmosphäre, lief er Gefahr, wie ein übers Wasser geworfener Stein abzuprallen. Bei zu steilem Winkel ...

Er fand die Schaltung des Interkoms: »Pilot in die Zentrale! Ich wiederhole: Pilot in die Zentrale!«

Niemand kam.

Waren denn alle tot? Frank weigerte sich, den Gedanken zu Ende zu bringen.
»Vorwärts!« keuchte er. »Soll man euch nachsagen, ihr hättet das Schiff im Stich gelassen?«
»Ich bin müde«, antwortete endlich eine Frauenstimme.
»Jetzt ist nicht die Zeit zum Schlafen, hören Sie. Sie werden hier gebraucht«, fauchte Frank.
Kabine 10, sah er auf dem Display. Das war Helen Mertens, vor dem Start der EX-313 Ausbilderin bei der Flotte. Die Krankheitssymptome waren bei ihr ebenfalls erst sehr spät aufgetreten.
Ein Ächzen durchlief die Schiffszelle, gefolgt von einer kaum spürbaren Erschütterung. Dunst begann die optische Wiedergabe zu verschleiern. Wolkenfetzen faserten nach allen Seiten davon. Die Glut wurde dichter. Reibungshitze. Wie eine verglühende Sternschnuppe, die einen weiten Schweif hinter sich herzog, mußte das Schiff von der Planetenoberfläche aus zu sehen sein.
Bei welcher Temperatur beginnt Terkonitstahl zu schmelzen? Franks Gedanken sausten durch sein Gehirn. *Richtet in diesem Moment ein Eingeborener den Blick zum Himmel und sieht den verglühenden Stern? Entsteht in diesem Augenblick ein neuer Götterglaube?* Vergeblich versuchte Frank sich zu konzentrieren. Er schaffte es nicht. Vor allem fühlte er sich so verdammt hilflos.
Die Erschütterungen wurden heftiger. Fast schon glaubte er, das Tosen eines entfesselten Orkans zu hören, das Donnern der erhitzten Luftmassen, die hinter dem Schiff in das entstandene Vakuum stürzten.
Nur noch Minuten bis zur Hölle. Glutender Widerschein tauchte die Zentrale in ein unwirkliches Licht. Frank Sattros stand wie erstarrt zwischen den Plätzen. Er empfand in diesem Augenblick weder Bedauern noch Zorn. Eine seltsame

Leere hatte von ihm Besitz ergriffen, das Gefühl, allein zu sein, der letzte Mensch im Universum. Im Tod, das hatte er an Bord gelernt, war jeder allein.
Wie lange noch?
Ein paar flackernde Anzeigen, ein letztes Aufbäumen der vergehenden Technik – fünf Kilometer Höhe …
Der unerwartete Gegenschub aus den Ringwulstdüsen schien das Schiff zu zerreißen. Ohrenbetäubend wurde das Kreischen überbeanspruchten Materials; eine Titanenfaust fegte Sattros von den Beinen und nagelte ihn am Boden fest.
Er wartete auf den Aufprall, der das Schiff zerfetzte und in einem gigantischen Glutball vergehen ließ. Das Donnern vermischte sich mit dem Tosen in seinen Schläfen, und dann…
…Stille!
Kein Gegenschub mehr, nichts. Die ungeheure Last, die ihm die Luft aus den Lungen getrieben hatte, war gewichen. Schwankend kam Frank Sattros wieder hoch, seine Finger glitten über die flackernden Kontrollen. *Fehlfunktion!* blinkten die Anzeigen. *Keine Kontrollmöglichkeit.*
»Worauf wartest du? Wenn du mich haben willst, Tod, dann hol mich doch!« Sattros begann laut und schallend zu lachen. Niemand hörte ihn. Ein Lichtbogen brach aus dem Hauptkontrollpult hervor und schlug dröhnend in die Decke ein. Glutflüssiges Material spritzte nach allen Seiten. An zwei, drei Stellen in der Zentrale begann es zu brennen.
Eigentlich ohne es zu wollen, schaffte Sattros das Kunststück, einen der Kontursessel zu erreichen. Automatisch legten sich die Gurte um seinen Leib.
In diesen Sekunden versiegten Franks Gedanken. Er wartete nur – versunken in einen Zustand der Gleichgültigkeit. Er, Frank Sattros, hatte sein Leben gelebt, und wenn es so sein sollte, daß er mit 33 Jahren auf einer unbekannten, noch

namenlosen Welt sein Grab fand, mußte er sich dem Schicksal fügen. Vergeblich wartete er darauf, daß sein Leben im Zeitraffer an ihm vorbeizog.
Das Donnern der verdrängten Atmosphäre war lauter geworden, nur noch eine Optik lieferte Aufnahmen der glutenden Woge, die das Schiff über den nachtschwarzen Himmel zog. Sterne waren längst nicht mehr zu sehen.
Ein gewaltiges Prasseln und Dröhnen, vermischt mit dem Aufheulen der Andruckabsorber, riß ihn jäh in die Realität. Sekundenbruchteile nur, dann ein zweiter Aufprall, heftiger als zuvor. Stahl zerriß mit gräßlichem Kreischen, Beharrungskräfte schlugen durch, und die Zentrale begann sich mit beißendem Qualm zu füllen. Hinter dieser düsteren Wand entstand ein Flammenmeer, das von Dutzenden Explosionen geschürt wurde.
Völliger Ausfall der künstlichen Schwerkraft. Die Welt stand kopf, begann sich rasend schnell zu drehen. Inmitten dieses Chaos schrie Frank seine Furcht und sein Entsetzen hinaus.
Mit unglaublicher Gewalt pflügte die 60-Meter-Kugel eine Schneise der Vernichtung durch unberührtes Land.
Ein Stern war vom Himmel gefallen. Er brachte Feuer und Verwüstung.

Ächzend versuchte er, sich auf die Seite zu drehen, doch etwas Unsichtbares hielt ihn fest. Seine Zunge klebte am Gaumen, er fühlte sich ausgelaugt und am Ende seiner Kräfte.
Endlich fand Frank Sattros den Gurtlöser. Er wäre fast vornübergestürzt, weil der Sessel und mit ihm der Boden der Zentrale eine bedrohliche Schräglage innehatten. Er atmete tief durch, sog heiße Luft in seine ohnehin gequälten Lungen und massierte mit den Fingerspitzen die Schläfen.

Frank war jetzt hellwach und registrierte das Prasseln der Flammen.
In der Zentrale brannte es, nur ein kleiner Bereich war von Löschschaum bedeckt. Die Hitze und der beißende Qualm begannen unerträglich zu werden.
Raus hier! hämmerten Sattros' Gedanken. *Bring dich in Sicherheit, bevor alles explodiert!*
Vielleicht wäre es besser gewesen, sitzen zu bleiben, die Augen zu schließen und auf das unvermeidliche Ende zu warten ... Es war die Kraft des Selbsterhaltungstriebs, die Frank zwang, den Kampf aufzunehmen. Schwerfällig stolperte er vorwärts, bahnte sich einen Weg über herabgestürzte Deckensegmente und aus den Verankerungen gerissene Konsolen. Daß er nicht von einem der Trümmerstücke erschlagen worden war, erschien ihm wie ein unglaublicher Zufall.
Ein Toter lag vor ihm, ein Besatzungsmitglied der technischen Abteilung. Seine Schläfe war von einem fingerdicken Metallsplitter durchbohrt worden, der ihn wohl auf der Stelle getötet hatte.
Weiter! Keine kostbare Zeit verschenken.
Dem Toten konnte er nicht mehr helfen. Aber die Flammen drohten ihm den Weg abzuschneiden, und der Boden war zu einer tückischen Rutschbahn geworden, auf der das Löschmittel wie Schmierseife wirkte. Mehrmals glitt Frank auf den letzten Metern aus, schließlich schaffte er es, krallte seine Finger um den Schottrand und zog sich hoch.
Auf dem Korridor, der zu den Labors und zur Krankenstation geführt hatte, herrschte unbeschreibliches Chaos. Die Faust eines Riesen schien wahllos zugeschlagen und Wände und Schotten wie Papier zerknüllt zu haben. Bis hier hatten sich die Kräfte des Aufpralls ausgetobt.
Mühsam bahnte sich Sattros einen Weg durch das Chaos

aus Stahl und Kunststoff. Von irgendwo schoß Wasser heran, ein wahrer Sturzbach. Gleichzeitig wurde der Brandgeruch intensiver, doch es stank nicht nach schmorenden Isolierungen und Verkleidungsmaterial, der Geruch war anders, wie nach brennendem Holz und zudem erdig.
Frank hatte keine Chance, das Wrack durch die Hauptschleuse zu verlassen. Nicht einmal eine Handspanne weit hatte sich das gewaltige Tor oberhalb des Ringwulstes verschoben, um eine der abgesplitterten Streben als Hebel benutzen zu können. Schon nach dem zweiten Versuch, bei dem er sich nur die Handflächen aufriß, schleuderte Sattros das kantige Eisenstück zur Seite.
Nach Atem ringend, mit tränenden Augen und zitternden Knien, lehnte er sich gegen die nächste Wand. Ein peitschender Knall, gefolgt von anhaltendem Donnergrollen, trieb ihn jedoch gleich weiter. Neue Wassermassen sprudelten heran; sie stammten nicht mehr aus einem geborstenen Tank, denn sie spülten halb verbrannte Blätter und verkohlte Aststücke heran. Über ihm mußte die Schiffszelle aufgeplatzt sein.
Der Donner wiederholte sich und wurde immer lauter. Auch das Tosen eines orkanartigen Sturms war deutlicher zu vernehmen. Siedendheiß kam Frank zum Bewußtsein, daß er nichts über die fremde Welt wußte. Vielleicht war sie lebensfeindlicher als das Wrack der EX-313 … Endlich sah er ein klaffendes Leck über sich und rasend schnell treibende Wolkenfetzen, die von zuckenden Blitzen gespenstisch erhellt wurden. In diesem Bereich des Schiffes waren nahezu alle Leuchtsegmente in den Wänden ausgefallen, das ließ die planetare Umgebung noch unwirtlicher erscheinen. Auf jeden Fall gab es keine Giftgase in der Atmosphäre, denn Frank atmete längst nicht mehr die sterile, nach chemischen Zusätzen riechende Bordluft.

Er brauchte lange, um durch den Riß nach draußen zu klettern. Als er es endlich geschafft hatte, war er bis auf die Haut durchnäßt. Der Sturm zerrte an ihm und drohte ihn wie ein welkes Blatt davonzuwirbeln. Bäuchlings lag der Biologe auf dem Rumpf und klammerte sich fest.
Die Hitze, die der Stahl abstrahlte, war fast unerträglich. In den Vertiefungen hatte sich Regenwasser gesammelt und zu brodeln begonnen, an anderen Stellen verdampfte das Wasser zischend. Dschungel ringsum, so weit das Auge reichte. Sattros sah skurril gewundene Bäume, und mitten in dieses üppige satte Grün hatte der Kugelraumer eine gewaltige Schneise gebrochen. Sie schien sich kilometerweit hinzuziehen und verlor sich dann in der Düsternis. Der glühende Schiffsrumpf hatte eine Feuersbrunst entzündet, die von dem anhaltenden sintflutartigen Regen wieder gelöscht worden war. Hunderte Meter nach beiden Seiten war der Wald verkohlt, reckten sich schwarze Äste anklagend gen Himmel.
Seit dem Absturz schienen bereits Stunden vergangen zu sein. Ebensolange mußte Frank Sattros ohne Besinnung gewesen sein. Es fiel ihm schwer, das zu glauben, doch die Tatsachen sprachen dafür. Sieben oder acht Meter unter sich sah er die zerfetzten Überreste des Ringwulstes. In schäumenden Kaskaden schoß dort das Wasser über den Rumpf. Er mußte nach unten gelangen, fort aus der immer noch bedrohlichen Nähe des Wracks. Selbst nach Stunden konnten die Konverter kritisch werden und die EX-313 in einer atomaren Explosion zerreißen.
Noch vor kurzem hatte Frank den Tod herbeigesehnt, inzwischen fürchtete er ihn wieder. Vergeblich versuchte er, an der Kugelhülle abwärts zu klettern. Der Rumpf war von Asche, festgebackenem Erdreich und dem Regen sehr schmierig. Ehe er es sich versah, verlor er auch schon den

Halt. Der Sturm zerrte heftiger als zuvor an ihm und drohte ihn davonzuwirbeln, aber schon im nächsten Moment prallte Frank gegen das obere Rund des Ringwulstes. Wassermassen spülten schäumend über ihn hinweg und raubten ihm den Atem. Sie zerrten ihn schräg abwärts, wo er vergeblich neuen Halt suchte. Die Abwärtsbewegung wurde immer schneller. Er krachte gegen vorstehende Platten, und die Flut riß ihn erbarmungslos weiter.
Nur Sekunden später hatte Frank das Gefühl, schwerelos in der Luft zu hängen. Er hatte die Orientierung verloren und tauchte ein in ein Meer aus Nässe. Er schmeckte Schlamm im Mund, und die zähe Brühe zerrte ihn tiefer. Mühsam kämpfte er dagegen an, versuchte mit hastigen Schwimmbewegungen wieder an die Oberfläche zu kommen. Unter seinen Schläfen dröhnte ein gewaltiges Hammerwerk, in den Lungen schienen spitze Dolche zu wühlen. Schier übermächtig wurde der Drang nach Luft, einfach einzuatmen, egal was geschah. Keuchend und prustend riß er den Mund auf – und spürte im selben Moment, wie ihm der Orkan den Schlamm aus dem Gesicht peitschte.
Über ihm ragte das Wrack des Kugelraumers auf, eine gewaltige, geschundene Silhouette, die Frank noch immer nicht ganz überblicken konnte. Das Wasser schoß in Strömen aus der Höhe herab und sammelte sich in dem aufgewühlten Boden. Halb verkohlte Baumstämme lagen wirr durcheinandergeworfen, und hinter dem Schiff türmte sich ein gigantischer Erdwall auf, den die EX-313 vor sich hergeschoben hatte.
Endlich fand Frank Sattros Boden unter den Füßen. Gleich darauf begann er zu laufen, egal wohin, nur weg von dem Wrack.

Kapitel 3

Neues Leben

Als er die Augen aufschlug, erschien es ihm, als sei ein Alptraum von ihm gewichen. Ein angenehmes Zwielicht herrschte, sogar einige Sonnenstrahlen fielen flirrend durch das dichte Blätterdach und zeichneten helle Flecken auf den moosbewachsenen Waldboden. Vierbeinige Käfer sammelten sich, in der Luft gaukelten farbenprächtige Falter. Ein Paradies, wäre nicht der beißende Rauch gewesen.

Mit einem heiseren Aufschrei auf den Lippen fuhr Frank Sattros hoch. Der Alptraum war Wirklichkeit; er erinnerte sich, daß er sich mühsam und mit letzter Kraft von dem Raumschiffswrack weggeschleppt hatte und irgendwann zusammengebrochen war.

Er hatte länger als zehn Stunden geschlafen. Sein Armbandchronometer war stehengeblieben und lieferte ihm keine brauchbare Anzeige mehr. Trotzdem war in fünf Tagen sein Geburtstag: Frank glaubte allerdings nicht, daß er diesen Tag noch erleben würde. Zu deutlich waren inzwischen die Wucherungen zu ertasten. Er gab sich diesbezüglich keinen Hoffnungen hin.

Im Sonnenlicht war das Ausmaß der Zerstörung besser zu erkennen als während des Gewitters. Die Schneise im Dschungel schien endlos zu sein, eine etliche Kilometer

lange, bis zu vierhundert Meter breite, schwarz verkrustete Narbe war nun deutlich sichtbar.
Lange Zeit starrte Sattros hinüber zum Wrack der EX-313. Erst allmählich wurde ihm bewußt, daß die letzten Kilometer der Schleifspur mit Trümmern übersät waren; die untere Polregion des Schiffes mit dem Laderaum und den Hangars war schichtweise abrasiert worden.
Während seiner Beobachtungen riß eine kleine Explosion den Rumpf auf. Flirrende Entladungen verrieten, daß in dem Wrack noch Energie vorhanden war. Frank hatte wenig Ahnung von Triebwerkstechnik, aber die erst vor vier Jahren in Produktion gegangenen Kalupschen Kompensationskonverter für den Linearantrieb erschienen ihm risikobehafteter als die bewährten Transitionstriebwerke.
Hunger und Durst machten sich quälend bemerkbar. Frank wagte noch nicht, zum Wrack zurückzugehen, um nach Nahrungsmitteln und Konzentraten zu suchen. Die Entladungen kündigten vielleicht ein baldiges Ende des Raumers an. Andererseits war er ohne Ausrüstung. Er hatte nur, was er am Leib trug.
Er wußte, daß er in wenigen Tagen sterben würde ... Mit einer wütenden Handbewegung wischte er trotzdem alle lähmenden Gedanken beiseite.
Wasser gab es genügend. In kannenförmigen Blüten im Unterholz hatte es sich gesammelt und ein würziges Aroma angenommen. Frank brach Dutzende der unterarmlangen Blüten ab, trank und wusch sich ausgiebig. Danach fühlte er sich besser. Langsam begannen ihn Flora und Fauna auf diesem Planeten zu interessieren. Auf vielen Welten, die das Forschungsschiff angeflogen hatte, war die Crew auf Leben gestoßen, leider nur auf tierisches Leben, das sich noch nicht angeschickt hatte, die Stufe zur Intelligenz zu erklimmen.

Vielleicht hatte ausgerechnet diese namenlose Welt Intelligenzen hervorgebracht. Sie hatten den Stern fallen sehen und folgten womöglich seiner Spur ...
Frank kehrte auf dem Absatz um und starrte in das grüne Dickicht in der Hoffnung, irgendwo eine Bewegung auszumachen.
»He!« rief er. »Hallo! Ich bin ein Freund.«
Brannten da nicht Blicke in seinem Nacken? Vielleicht waren in dem Moment Speere auf ihn gerichtet, von kräftigen Fäusten zum Wurf erhoben. Kannten die Eingeborenen Gifte? Falls ja, hatten sie bestimmt die Speerspitzen aus Stein oder Metall damit bestrichen.
Noch einmal drehte sich Frank Sattros um die eigene Achse, langsamer als zuvor, und diesmal fröstelte er trotz der dampfenden Schwüle. Jede hastige Bewegung vermeidend, breitete er die Arme aus und hielt die leeren Handflächen nach vorne. Das war eine universell gültige Geste: *Seht her, ich bin unbewaffnet!* Aber wie sollte er die Schneise erklären, die das Schiff geschlagen hatte, das Feuer, in dem vielleicht Eingeborene verbrannt waren?
Ein trockener Ast brach mit peitschendem Knall. Frank wußte noch nicht, wie weit der Schall auf dieser Welt trug, doch er schätzte die Entfernung auf zwanzig bis dreißig Meter. Plötzlich wurde ihm auch bewußt, was er die ganze Zeit über vermißt hatte: Es gab keine Tiergeräusche, keine hundertfachen Stimmen aus dem Dschungel. Seit der Orkan weitergezogen war herrschte eine beklemmende Stille. Nur noch eine sanfte Brise bewegte die Blätter in großer Höhe.
Das Knacken wiederholte sich. Es kam näher. Blitzschnell hob Frank einen angekohlten Ast auf. Das Holz wog schwer in seiner Hand, aber es verlieh ihm ein Gefühl von Sicherheit. Ein dutzendmal und mehr hatte Frank sich in allen Facetten

ausgemalt, wie er fremden Intelligenzen gegenübertreten würde. In Gedanken hatte er selbst kriegslüsterne Wesen friedlich gestimmt. Doch die Realität war anders.
Einem zögernden Schritt zurück folgte ein zweiter. Als er den Schatten gewahrte, umklammerte Frank den Knüppel fester … Im nächsten Moment warf er das Holz zur Seite und sprang nach vorne. Er schaffte es nicht mehr, den fallenden Körper aufzufangen.
Mirca Sabatil, der Magazinverwalter der EX-313. Der Mann war schwer verletzt. Seine linke Gesichtshälfte war teilweise bis auf den Knochen verbrannt; sein Arm stand in unmöglichem Winkel vom Körper ab, und die tiefe Fleischwunde hatte er offenbar mit dem abgerissenen Ärmel seiner Bordkombination selbst verbunden.
Der Verwalter hatte viel Blut verloren. Als Sabatil die Augen aufschlug und hochfahren wollte, hielt Frank ihn sanft am Boden zurück.
»Du mußt dich schonen, Mirca.«
Für Konventionen war nicht der richtige Ort. An Bord hatten sie sich nie vertraulich angeredet, aber hier und jetzt gab es keinen militärischen Rang mehr, nichts, was die Wahrung einer gewissen Distanz erfordert hätte.
Haben noch mehr Besatzungsmitglieder den Absturz überlebt? Bis eben hatte Frank eine solche Möglichkeit nicht in Betracht gezogen. Aber wennschon, was änderte das? Es gab keine Chance, diese Welt wieder zu verlassen. Marten LaGrange war vielleicht wirklich im Begriff gewesen, das einzig Richtige zu tun.
Frank Sattros verkniff sich eine deftige Verwünschung.
Sabatil hatte inzwischen das Bewußtsein verloren. In den Taschen seiner Kombination fand Frank einen Konzentratriegel und schmerzstillende Injektionspflaster. Eines der Pflaster klebte er dem Verletzten an die Halsschlagader, den

Konzentratriegel drehte er mehrmals sinnend zwischen den Fingern, bevor er ihn zurückschob. Noch konnte er das Wühlen in seinem Magen einigermaßen ignorieren.
Gedankenverloren setzte er sich auf einen umgestürzten Baumriesen am Rand der Lichtung, nahm den Knüppel zwischen die Beine und bewachte Sabatils Schlaf. Eine Weile redete er mit sich selbst, bis ihm ebenfalls die Lider zufielen.

Gelborange stieg der lodernde Glutball der Sonne über den Horizont herauf. Noch warf sie lange Schlagschatten über die Schneise der Verwüstung, ein bizarres Spiel von Licht und Schatten. Zwischen verkohlten Baumriesen huschten vielgestaltige Insekten umher. Ranken schlängelten sich um Stämme und Äste, auch sie verbrannt, zerfetzt, entwurzelt. Aufgeplatzte Früchte dazwischen, unreif, sogar von den Insekten gemieden ...
Eine unbestimmte Ahnung zwang Frank Sattros, die Augen zu öffnen. Die Sonne stand noch immer hoch am Horizont, aber Ruß und Asche hingen in der Luft.
»Es wird Zeit, daß Sie mich bemerken, Frank.«
Wie von der Tarantel gebissen fuhr er auf – der Ast entglitt seinen sich öffnenden Händen.
»Miss Mertens?«
»Sie starren mich an wie einen Geist«, bemerkte sie traurig.
Frank konnte nur langsam begreifen, daß sie ebenfalls überlebt hatte, noch dazu unverletzt. Helen Mertens trug einen Raumanzug mit all den Annehmlichkeiten, die diese Kleidungsstücke boten. Allerdings hatte sie den Helm zurückgeklappt und atmete ebenfalls die rauchgeschwängerte Luft.
»Wir sind vom Regen in die Traufe geraten, nicht wahr?« fragte sie.

Frank zuckte mit den Schultern. »Wen interessiert's noch«, murmelte er. »Wir kommen eh hier nicht mehr weg.«
Ohne darauf einzugehen, wandte Helen sich Sabatil zu. »Es geht ihm nicht gut, er ist schwer verletzt.«
»Nein, nicht besonders. – Um die Wahrheit zu sagen: Ich frage mich, wie lange er noch lebt.«
Erst allmählich besann Sattros sich, daß die Frau aus der Richtung gekommen sein mußte, in der die Schneise begann. Antigrav und Flugtornister ihres Raumanzugs machten sie beweglich.
»Eine Dschungelwelt«, erklärte Helen Mertens, Franks Blick mit den Augen folgend. »So weit man sehen kann, nur diese schraubenzieherartigen Bäume. Erst weit entfernt am Horizont erkennt man eine schroffe Bergkette.«
»Gibt es Anzeichen für höherentwickeltes Leben?«
Sie schaute ihn verblüfft an, schüttelte dann langsam den Kopf. »Jedenfalls nicht in dieser Region.«
»Drei oder vier Tage stehen wir noch durch. Was danach kommt, ist ohnehin unerheblich.«
Helen Mertens ärgerte sich über seine Worte, das spürte er. Aber es war ihm egal. An dieser Tatsache konnte niemand rütteln, auch die Frau nicht. Ein Gefühl grenzenloser Leere machte sich in ihm breit.

In der zweiten Nachthälfte starb Sabatil. Er schlief ruhig ein. Frank Sattros stellte seinen Tod erst fest, als die Sonne aufging.
Mit provisorischen Mitteln hob er in dem aufgewühlten Boden ein Grab aus. Ein paar Worte, eine kurze Andacht, mehr brachte Frank nicht über die Lippen. Helen wischte sich die Tränen aus den Augenwinkeln. Immer schon hatte der Fortschritt Opfer gefordert, und es wäre vermessen gewesen, ausgerechnet die Eroberung des Weltalls ohne

Gefahren zu sehen. Die Bedrohung vergrößerte sich mit jedem Lichtjahr, das Menschen tiefer in den Raum vorstießen, doch Opfer mußten gebracht werden, um der Menschheit eine Zukunft in der galaktischen Völkergemeinschaft zu ermöglichen.
Seit der ersten Mondlandung und der Begegnung Perry Rhodans mit den Arkoniden gab es eigentlich nur noch zwei Alternativen: Entweder entwuchs die Menschheit den Kinderschuhen und schaffte es, im galaktischen Konzert der Großmächte eine angemessene Rolle zu spielen, oder die Erde versank wieder in der Bedeutungslosigkeit.
»Ich wünschte, ich wäre an seiner Stelle.« Mit einem schwachen Kopfnicken deutete Frank Sattros auf den frisch aufgeschütteten Hügel.
»Wie können Sie so etwas sagen?« Helen funkelte ihn wütend an. »Sie machen es sich nur unnötig schwer. Und mir auch.«
Frank schaute sie irritiert an. »Es geht schneller zu Ende, als ich gedacht hatte«, sagte er dann leise. »Meinen Geburtstag werde ich nicht mehr erleben. Dabei hatte ich mich auf eine Torte mit Kerzen gefreut.« Er lachte gekünstelt. Seine Lymphstränge waren geschwollen und verhärtet, er schwitzte und fror abwechselnd.
Überrascht hob er den Kopf, als er Helens Hand in seinem Haar spürte. Doch ihr Blick bedeutete ihm zu schweigen.
Eine Weile stand sie neben ihm, und ihr Zittern übertrug sich auf ihn. Auch sie fürchtete den Tod, starrte aber dennoch unentwegt hinüber zu dem Wrack, das ihnen immer mehr wie ein riesiges düsteres Mahnmal erschien: ein Symbol der Vergänglichkeit alles von Menschenhand Geschaffenen. Bald würde der Dschungel die Absturzstelle überwuchern.
Das war ein Moment, den Worte nicht stören durften. Frank

glaubte, einen Hauch der Ewigkeit zu spüren, doch er fröstelte dabei. Unwillkürlich griff er nach Helens Hand und umklammerte ihren Arm. Es tat gut, jetzt nicht allein zu sein.

Die dritte Nacht auf der namenlosen Welt war vergangen. Übergangslos schlug Frank Sattros die Augen auf. Er vermochte nicht zu sagen, was ihn aufgeschreckt hatte.
Über ihm spannte sich ein düsteres, eintöniges Grau, und die verkohlten Äste der Baumriesen verstärkten den Eindruck der Trauer. Ihr Anblick wirkte deprimierend. Es regnete wieder.
»Helen ...?« Sie hatten aufgehört, sich zu siezen; das vertrauliche Du machte ihre Lage etwas erträglicher.
Keine Antwort. Frank wußte nicht, wann sie gegangen war, und erst recht nicht, warum. Vergeblich zermarterte er sich den Kopf.
Im feuchten Boden waren Spuren zu erkennen, die tiefer in den Wald hineinführten. Frank folgte ihnen, mußte aber öfter innehalten, weil er sich schwach und benommen fühlte. Mehrmals wurde ihm schwarz vor Augen, und jedesmal brauchte er länger, sich von den Anfällen zu erholen.
Größere Tiere schien es nicht zu geben, jedenfalls entdeckte Frank keines, das größer gewesen wäre als zwei oder drei Handspannen. Auch Vögel suchte er vergeblich.

Plötzlich waren da Stimmen, das Lachen von Kindern und fröhlicher Gesang, der das Rauschen ferner Brandung übertönte. Sonnenstrahlen trockneten sein Gesicht und vertrieben die klamme Nässe. Zwei, drei Schritte noch brachten Frank in eine Welt, die lange zurückzuliegen schien; er schaute hinaus auf den Ozean, sah die bunten Segel der Antigravgleiter über den Wellen und spürte die

auffrischende salzige Brise. Unwillkürlich begann er zu laufen, schneller den Strand entlang und hinein in das gischtende Naß. Mit ausgebreiteten Armen warf er sich gegen die heranrollenden Wogen ...
... er versank in der Flut. Jäh hatte er das Empfinden, ersticken zu müssen, und begann wie ein Ertrinkender um sich zu schlagen. Er stieß auf Widerstand, verkrallte die Hände um dünne, nachgiebige Äste, und das Gefühl wohliger Geborgenheit wich schlagartiger Ernüchterung. Ein Pflanzendickicht hatte seinen Sturz aufgefangen – eine Gruppe mannshoher Sträucher, deren lanzettförmige fleischige Blätter einen milden Anisgeruch verströmten. An den Ästen hingen traubenweise faustgroße Früchte.
Alles in ihm drängte danach, den Weg fortzusetzen, immer nur weiter, egal wohin. Der Vergangenheit zu entfliehen und zu vergessen, daß nichts von Dauer sein konnte. Frank wünschte sich sehnlich, die Zeit möge stehenbleiben.
Sein Atem wurde gleichmäßiger, das Herz hämmerte nicht mehr so wild gegen die Rippen wie nach großer körperlicher Anstrengung. Zum erstenmal seit langem fühlte er sich wieder einigermaßen geborgen. Seine Hände streiften über die fleischigen Blätter und die feinen Härchen auf ihrer Oberseite. Ein prickelndes, belebendes Gefühl durchpulste ihn, so intensiv, daß er unwillkürlich mehrere Blätter abriß und zwischen den Fingern zerrieb. Der klebrige Saft roch nach Sonne, nach Freiheit und Leben ...
Frank riß sich davon los. Ein Halluzinogen vielleicht. Lockten die Sträucher auf diese Weise Beutetiere an, die der Bestäubung oder gar als Nahrung dienten?
Er torkelte weiter. Die Wucherungen begannen ihn zu behindern, so straff spannten sie inzwischen seine Haut.
Wieder rief er nach Helen und vernahm endlich ihre Stimme. Helen lachte hell. Dann entdeckte er sie. Keine

fünf Meter entfernt. Sie hatte sich ihres Raumanzugs entledigt. Ihr Gesicht war grün, ihr kurzes, bisher helles Haar ebenfalls. An ihrem ganzen Köper klebte ein zäher grüner Brei.

Helen trug nur das Nötigste unter dem Anzug, aber ein reizvoller Anblick war ihr Körper ohnehin nicht mehr. Sie hatte verfärbte Wucherungen – einige waren blutunterlaufen und nässend –, die erkennen ließen, daß ihre Erkrankung viel weiter vorangeschritten war, als er bisher geglaubt hatte. Frank konnte nicht anders, als sie anzustarren. Seine Lippen bebten, er war unfähig, irgend etwas zu sagen.

Helen pflückte die faustgroßen Früchte. Sie krallte die Finger in die behaarte Schale und riß sie auf, kratzte das weiche Fruchtfleisch heraus und schmierte sich das Zeug auf ihren Körper. Sie mußte verrückt geworden sein.

Flüchtig hielt sie inne. »Frank, mach schon. Hier gibt es genug davon.«

Stumm schüttelte Sattros den Kopf. Er spürte nur noch Verbitterung und Enttäuschung. In dem Moment hätte Helen lichtjahreweit entfernt sein können und wäre ihm doch näher gewesen als die Frau, die ihren nackten Leib mit Fruchtfleisch beschmierte.

»Hör auf damit!« Seine eigene Stimme klang wie ein qualvoller Aufschrei. Selbst jetzt hatte er keine Tränen. Es war ausgebrannt, und all die kümmerliche Hoffnung, an die er sich wie an einen zerbrechlichen Halm geklammert hatte, löste sich endgültig auf.

Wärme durchflutete seine Gedanken.

Frank Sattros ignorierte das Gefühl, er wollte es nicht wahrhaben, jetzt nicht mehr. Alles, was er seit dem Absturz des Explorers unternommen hatte, war doch nur Selbstbetrug gewesen. Er beneidete LaGrange, ja, verdammt, nachträglich verwünschte er die Tatsache, daß er selbst nicht den

Mut aufgebracht hatte, es dem Funkoffizier nachzutun.
Wo war der Frank Sattros, der gelernt hatte, sich durchzubeißen und mit Schwierigkeiten fertig zu werden? Es interessierte ihn nicht mehr.
Verwirrt stellte er fest, daß er ebenfalls eine der Früchte gepflückt hatte. Wie Helen grub er seine Finger in das Fruchtfleisch und brach die Schale auf.
Ein noch intensiveres Aroma als das der Blätter breitete sich aus. Der Hunger, den Frank Sattros bislang unterdrückt hatte, ließ sich nun nicht länger dämpfen. Ob die Frucht eßbar war oder nicht, er biß kräftig zu.
Das erste, was er spürte, war ein angenehmes Prickeln auf den geschwollenen Schleimhäuten. Seine Zunge klebte nicht mehr nur wie ein viel zu großer Fremdkörper am Gaumen.
Frank riß eine zweite Frucht ab, sie war nicht ganz so goldgelb wie die erste und hing merklich fester. Erstaunt registrierte er, daß seine Finger auf einmal gelenkiger wurden.
Ohne darüber nachzudenken, daß er Helen eben noch für verrückt erklärt hatte, begann er selbst, das Fruchtfleisch über seine Arme zu streichen. Fast augenblicklich setzte wieder ein wohliges Prickeln ein; Minuten später wurde das Spannungsgefühl endlich wieder erträglich.

Kapitel 4

Vurga

Frisches Grün schickte sich an, das verbrannte Areal zurückzuerobern, und nicht einmal vor dem Raumschiffswrack machten die wuchernden Schlingpflanzen halt.
Für die beiden Überlebenden der EX-313 hatte ein neues Leben begonnen. So schien es jedenfalls. Nur mehr Narben zeugten von den schon aufgebrochenen Geschwüren, die Schwellungen hatten sich restlos zurückgebildet. Mit dem Gefühl, dem Tod gerade noch entronnen zu sein, waren die einfachsten menschlichen Bedürfnisse zurückgekehrt.
Frank und Helen durchsuchten die kilometerlange Trümmerspur nach Brauchbarem. In den Überresten eines Shifts fanden sie Antigrav-Haftscheiben und einen Desintegrator.
»Morgen«, sagte Frank nach einem sinnenden Blick zum Firmament, als die Abenddämmerung mit Riesenschritten heraufzog, »morgen sehen wir weiter. Vielleicht gibt es in der EX noch weitere Dinge.«
Das Wrack – ein geschwärzter, massiger Koloß, bedrohlich und mitleiderregend zugleich – schien nur darauf zu warten, daß endlich wieder Menschen an Bord kamen.
Mit Einbruch der Nacht setzte wie gewöhnlich leichter Nieselregen ein. Bald trommelte es heftiger auf die verbogenen Stabilisierungstragflächen des Shifts, die Frank mit Hilfe

der Antigravplatten über mehrere gekappte Bäume gelegt hatte. Ein kleines Feuer brannte. Das Knistern der Flammen hatte etwas Heimeliges, was sie wenigstens für kurze Zeit vergessen ließ, daß diese Welt nicht die Erde war. Gut zwanzigtausend Lichtjahre näher am Zentrum der Galaxis standen die Sterne dichter als gewohnt.
Ein Vorrat der goldgelben Früchte – sie erinnerten an terranische Kiwis – lag akribisch gestapelt unter dem Dach. Frank nannte sie trotz ihrer Größe Beeren. Es bestand kein Zweifel: Was die Medikamente der Medostation nicht geschafft hatten, war ausgerechnet diesen »Beeren« gelungen. Sie hatten ihre Heilung bewirkt.
Helen konnte nicht sagen, weshalb sie darauf verfallen war, diese Früchte aufzubrechen – sie hätte es gespürt, behauptete sie, ohne dafür eine Erklärung geben zu können. Wie ein innerer Zwang sei es gewesen.
Frank starrte regungslos in die Flammen. In Gedanken weilte er auf der Erde.
»Worüber denkst du nach?« fragte Helen, die seine Abwesenheit bemerkte.
Helen hatte Teile eines Überlebenssets gefunden. Die Folienhülle, die an einen altmodischen Schlafsack erinnerte, aus unzerreißbarem Material bestand, gegen Minustemperaturen bis siebzig Grad Celsius schützte und zusammengelegt nicht größer war als eine menschliche Hand, war unbeschädigt geblieben. Helen fühlte sich darin wohler als in ihrem Raumanzug.
»Über dies und das«, antwortete Frank ausweichend.
»Danke für die erschöpfende Auskunft.«
»Ich…«
»Du mußt dich nicht rechtfertigen, falls dir das Thema unangenehm erscheint.«
Sattros schaute die Frau überrascht an. Mit einem Ast

stocherte er in der Glut, daß ein Funkenregen aufstob.
»Du glaubst nicht daran, daß wir diese Welt jemals wieder verlassen werden. Und wir beide werden wohl nicht ewig Distanz wahren können. Ganz davon abgesehen, daß ich eines Tages Kinder haben wollte. Zwei eigentlich.«
»Warum sagst du mir das?«
Helen lachte hell. »Sind alle Biologen so ... kompliziert?« fragte sie. »Hast du jemanden, ich meine, wartet auf der Erde eine Frau auf dich?«
»Es gab da eine ehemalige Studienkollegin ...« Frank erhob sich und begann eine unruhige Wanderung. »Aber wir haben uns getrennt. Einen Monat vor dem Start des Schiffes. Miriam wollte nicht, daß ich fliege – sie hält nichts von der Raumfahrt. Sie behauptet, daß wir uns nicht mit den anderen Völkern der Milchstraße messen sollten. Ich glaube, sie hatte einfach Angst.«
»Und du, Frank?«
»Was meinst du?« fragte Frank zurück.
»Hast du ebenfalls Angst? Angst, hierbleiben zu müssen auf dieser unbekannten Welt und die Erde vielleicht nie wiederzusehen?«
Er zögerte, hielt am Rand des provisorischen Daches inne und ließ den Regen über sein Gesicht rinnen. Die Nässe half nicht, seine Gedanken zu klären, er mußte selbst mit den Problemen fertig werden.
»Keine Ahnung«, gestand er. »Ich habe bisher nicht richtig darüber nachgedacht. Aber irgendwie werden wir es schaffen, zur Erde zurückzukehren.«
»Frank«, Helen hatte den Schlafsack halb geöffnet, »sag jetzt nichts mehr. Gibt es etwas, das Menschen mehr vereint als ein gemeinsames Schicksal? Ich brauche dich, Frank.«
Es dauerte Minuten, bis er neben ihr in die Hocke ging und sie küßte. An Bord der EX-313 waren private Beziehungen

nicht erlaubt gewesen, was einen leicht unterkühlten Umgang der Geschlechter miteinander zur Folge gehabt hatte. Frank wußte, daß der eine oder andere damit ganz und gar nicht glücklich gewesen war, doch der gemeinsamen Arbeit hatte es gewiß nicht geschadet.
Helen öffnete den Magnetverschluß seiner Kombi, dann gingen ihre Hände auf Wanderschaft. Der Regen trommelte heftiger auf das Dach aus Stahl, als die beiden zueinanderfanden.

Die Tage kamen und gingen, und es war längst egal, welches Datum man im »zivilisierten Teil« der Galaxis schrieb. Der Regen wollte nicht mehr aufhören. Als hätte der Himmel alle Schleusen geöffnet, ergoß sich die Nässe aus den tief hängenden Wolken.
Der aufgewühlte Boden der Absturzschneise war zu einem tückischen Schlammsee geworden. Daran änderten auch die inzwischen mannshoch wuchernden Schlingpflanzen nichts. Bis zu den Knien versank Frank im zähen Morast.
Helen und er hatten die provisorische Unterkunft verlassen und sich ins Wrack zurückgezogen. Die Toten waren rechtzeitig begraben worden. Tief genug, daß Tiere die sterblichen Überreste nicht wieder hervorwühlen würden. Achtzehn Leichen. Die anderen hatte Frank nicht gefunden, sie lagen vermutlich in den ausgebrannten Bereichen hinter den geschlossenen Sicherheitsschotten des Schiffes. An den anhaltenden Geruch nach Rauch und Ozon konnte man sich gewöhnen, weniger an das Gefühl, Wand an Wand mit den toten Kameraden zu leben.
Das Wrack war inzwischen ohne Energie. Deshalb hatte Frank das aus den Verankerungen gerissene Impulsgeschütz für den Einstieg benutzen können. Kühlschlangen hingen wie bleiche Wurzeln aus der Kuppel, und bereits die nicht

mehr abgeschirmte elektromagnetische Strahlung hätte jedes Leben im Umkreis von mehreren Metern getötet. Zerfetzte, aufgefaserte Baumstümpfe und Unmengen von Erdreich füllten die ehemaligen Laderäume aus. Die Hydraulik einer Teleskoplandestütze hatte sich verschoben und bildete einen halbwegs ebenen Untergrund. Hier hatte Frank für Helen und sich eine provisorische Kammer hergerichtet.

Neunzehn Tage und Nächte lang trommelte der Regen nahezu ununterbrochen. Als endlich der erste fahle Sonnenstrahl wie eine Verheißung den Dunst durchbrach, waren seit dem Absturz des Explorers dreißig Tage auf diesem Planeten vergangen. Sinnend stand Helen Mertens in der Geschützkuppel und blickte hinaus in die dampfende Hölle, von der ein süßer Fäulnisgeruch aufstieg. Verwesende Pflanzen und die Kadaver ertrunkener Tiere bildeten den Boden für neues Leben.

Franks Hände schlossen sich um die Schultern der Frau. Er fühlte gleichermaßen Resignation wie ungebrochenen Lebenswillen. Dem Schicksal würde er sich nicht geschlagen geben.

»Morgen oder übermorgen, sobald das Wasser versickert ist, brechen wir auf«, sagte er. »Bestimmt gibt es auf dieser Welt angenehmere Gegenden. Eine Raumschiffsbesatzung, die auf der Erde im Amazonasbecken oder im Himalaja abstürzt, wüßte wenig von den Stränden der Südsee oder so fruchtbaren Landstrichen wie Europa.«

Helen reagierte nicht. Auch nicht, als Frank durch ihr Haar strich. Nur ihre Fingerknöchel traten deutlicher hervor, als sie das Leiterkabel fest umklammerte.

»Was ist denn los mit dir?« wollte er wissen. »Woran denkst du?«

Helen schien die Frage gar nicht wahrzunehmen. Erst als er

sie zu sich herumzog, fiel die offensichtliche Anspannung von ihr ab.
»Wo warst du mit deinen Gedanken?«
Eine dumme Frage. Frank hätte sich dafür ohrfeigen können. Er schüttelte den Kopf, als er die Tränen in Helens Augen stehen sah.
»Wir schaffen es. Nicht umsonst haben wir bis heute überlebt.«
Die Frau nickte zögernd. »Solange die Erde steht, soll nicht aufhören Saat und Ernte, Frost und Hitze, Sommer und Winter, Tag und Nacht«, zitierte sie.
»Das ist aus der Bibel.« Frank wußte es – und auch wieder nicht. Seine Gedanken wirbelten heillos durcheinander. Er war in eine Zeit hineingeboren, den Aufbruch der Menschheit in den Weltraum, die Gott als Institution in Frage gestellt hatte. Auf keinem der ungezählten fremden Planeten, hinter keiner Sonne, in keiner Dunkelwolke hatten Raumfahrer eine Spur von ihm gefunden. Aber das waren keine Beweise seiner Nicht-Existenz, eher im Gegenteil. Wie sonst, wenn nicht durch die ordnende Hand eines Schöpfers hätten die ungeheure Vielfalt von Leben und die atemberaubende Schönheit des Universums entstehen sollen?
»Gott sprach nicht allein von der Erde«, sagte Helen nachdenklich. »Die Verheißung gilt jedem Planeten, der eine Sonne umkreist. Wir sind zu Hause, Frank, daran müssen wir uns nur noch gewöhnen.«
In der Nacht schreckte Frank Sattros jäh aus einem unruhigen und von Alpträumen gequälten Schlaf auf. Er hatte keine Ahnung, was ihn geweckt hatte, er lauschte angespannt in die Dunkelheit, während seine Rechte nach dem Desintegrator tastete.
In den vergangenen Tagen hatte er im Schiff weitere

brauchbare Ausrüstungsgegenstände gefunden, ein Handscheinwerfer gehörte dazu. Frank richtete den auf minimale Ausbeute geschalteten Lichtkegel auf die ölverschmierte Hydraulik, ließ den Strahl zitternd über geborstenen Stahl und weiter hinüber in das Chaos des Laderaums gleiten. Hier breiteten sich inzwischen Schlingpflanzen aus, deren Samen mit dem Erdreich eingedrungen war.
War da nicht eine Bewegung, ein zuckender Schatten? Frank riß den Scheinwerfer herum. Was er aus den Augenwinkeln heraus nur vage wahrgenommen hatte, entpuppte sich als Bündel armdicker Luftwurzeln, die zielstrebig nach neuem Halt griffen. Schon berührte die erste einen verbogenen Träger, von dem Reste des Löschmittels wie Patina abplatzten. Die Wurzel wickelte sich um den Stahl, und Sekunden später rutschte der Träger weg. Nur Zentimeter zwar, doch das kreischende Geräusch ging durch und durch. Zurück blieben abgerissene, zerquetschte Pflanzenteile.
Frank machte auf dem Absatz kehrt. Ihm war soeben bewußt geworden, daß er sich an die Überreste der Technik klammerte wie ein Ertrinkender an einen letzten Halm. Je länger Helen und er in dem Wrack ausharrten, desto schwerer würde ihnen die Trennung fallen.
Helen war inzwischen ebenfalls wach, wirkte aber schlaftrunken.
»Was ist los?« wollte sie wissen.
Frank schüttelte den Kopf. »Nichts von Bedeutung. Aber wir müssen von hier fortgehen. Wir ...«
Helen legte ihm ihre Hand auf die Lippen, bedeutete ihm zu schweigen. Und Frank verstand, daß er drauf und dran gewesen war, alles zwischen ihnen zu zerreden.
Er lag noch lange wach und grübelte. In Gedanken sah er die Pflanzen das Wrack der EX-313 erobern und mit ihren Säften selbst den Terkonitstahl zersetzen. Irgendwann

mußte Frank Sattros allerdings wieder eingeschlafen sein. Als ein metallisches Kreischen ihn aufschreckte, fühlte er sich nicht mehr so beunruhigt wie zuvor. Metall schabte über Metall. Ziemlich nahe sogar.

Frank fuhr abrupt in die Höhe. *Gefahr!* signalisierte sein Unterbewußtsein. Er brachte den Desintegrator in Anschlag und entsicherte ihn.

Waren das Schritte? Erklangen da wirklich Schritte? Überdeutlich glaubte er zu spüren, daß er nicht mehr allein war. Ein Hauch von Helligkeit geisterte über das Deck, doch sehr viel näher war das rote Glühen, das in mehr als zwei Metern Höhe über dem Boden zu schweben schien.

Frank war viel zu verwirrt, um in dem Moment klar denken zu können. Sein Desintegratorschuß brachte ein bis dahin unsichtbares Schirmfeld zum Leuchten und ließ die Umrisse eines Roboters erkennen. Ein Zweieinhalb-Meter-Koloß, dessen Sehzellen sich nun dunkelrot färbten.

Sattros dachte an Arkoniden oder Springer, die das Wrack aufgespürt hatten, vielleicht sogar an Aras – aber das Naheliegendste kam ihm erst in den Sinn, als starke Scheinwerfer aufflammten.

Die Lichtflut blendete. Frank Sattros stand wie erstarrt, er wurde sich gar nicht bewußt, daß er die Waffe immer noch im Anschlag hielt. Gesichter schälten sich aus der Helligkeit heraus, menschliche Gesichter.

»Sie haben keinen Grund, uns mit der Waffe in der Hand zu empfangen«, sagte eine leise Stimme. »Sie sind … Sie waren Besatzungsmitglied der EX-313?«

»Sattros … Frank Sattros … Biologe an Bord und …« Er konnte es nicht glauben. Ausgerechnet jetzt, da er sich endlich damit abgefunden hatte, auf dieser Welt sein Leben zu beenden, waren Menschen gekommen, um ihn heimzuholen. »Meine Begleiterin ist Helen Mertens«, sprudelte es

aus ihm heraus. »Sie war Ausbilderin…« Er schluckte schwer. »Außer uns hat keiner überlebt.«
Sein Gegenüber war ein Hüne, knapp zwei Meter groß und kräftig. Als er ihm aufmunternd auf die Schulter klopfte, hatte Frank das Empfinden, ungespitzt in den Boden geschlagen zu werden.
»Leutnant Hank Snider von der INDEPENDENCE DAY«, stellte sich der Uniformierte vor. »Was halten Sie von dem Vorschlag, Sir, Ihr Quartier zu wechseln?«
Frank achtete in dem Moment mehr auf Helen als auf die Raumsoldaten und den Roboter. Glücklich schien sie nicht zu sein, ihre Gesichtszüge wirkten jedenfalls hart, wie eingekerbt.
»Der Alltag hat uns wieder«, murmelte Helen. »Mit allen Konsequenzen.«
Leutnant Snider nickte knapp. »Sie werden Vurga in wenigen Stunden verlassen und diese Welt vermutlich nie wiedersehen.«
»Vurga?« fragte Frank ungläubig.
»So haben wir den Planeten genannt. Das System ist bislang in keinem Sternenkatalog verzeichnet, ein weißer Fleck in der Milchstraße sozusagen.«
»Vurga ...« Sinnend hing Frank dem Klang des Wortes nach. »Welche Bedeutung hat der Name?«
»Gar keine.« Snider verzog die Mundwinkel zu einem Lächeln. »Wir haben die Positronik unseres Schiffes auf eine zufällige Abfolge von Konsonanten und Vokalen programmiert – wie sonst sollte die wachsende Flut zu katalogisierender Sonnen, Planeten und Monde besser in den Griff zu kriegen sein?«
Er schickte sich an, den Helm seines Raumanzugs zu öffnen und in den Nacken zu klappen, doch Frank hielt ihn schroff zurück.

»Lassen Sie das, Leutnant, in Ihrem eigenen Interesse!«
»Ich verstehe nicht.«
»Die Crew der EX-313 starb nicht allein durch den Absturz«, erklärte Helen. »Auf einer der Welten, die wir angeflogen haben, holten wir uns eine tödliche Krankheit. Jeder an Bord war damit infiziert. Das wissen wir, obwohl wir den Erreger nicht kennen.«
»Aber Sie beide leben und sind offensichtlich…«
»…immun? – Zumindest haben wir die Symptome überstanden. Aber vielleicht sind wir Überträger geworden.«
Frank hob die Schultern und ließ sie in einer unmißverständlichen Geste langsam wieder sinken.
»Ich verstehe«, sagte der Leutnant. »Wir werden die entsprechenden Sicherheitsvorkehrungen ergreifen.«

Geschäfte

Kapitel 5

Ziele

Quarantäne. Das heißt, eingesperrt zu sein in zwei Kabinen mit jeweils dreißig Quadratmetern und einer komfortablen Naßzelle. Das ist zugleich Luxus im Vergleich mit dem nach Schmieröl und kaltem Rauch stinkenden Verschlag im Wrack der EX-313. Trotzdem fühle ich mich nicht wohl. Weil ich weiß, daß Helen und ich wegen einer potentiellen Gefährdung anderer auf Schritt und Tritt beobachtet werden. Nichts entgeht der Wahrnehmung der Hauptpositronik. Ich kann nur hoffen, daß das Monstrum aus Chips und Schaltkreisen weiß, was Diskretion ist.

Allen Vorsichtsmaßnahmen zum Trotz fühle ich mich nicht krank. Helen ergeht es genauso. Kann die lückenlose Überwachung unserer Körperfunktionen lügen?

Vor vier Tagen hat die INDEPENDENCE DAY Vurga verlassen. Mit mehr als einer Tonne Vurga-Beeren in den Kühlräumen. Ich hatte Mühe, Kommandant Oberst Montak von der Wichtigkeit dieser Fracht zu überzeugen, denn er ist das, was man einen »sturen Kommißkopf« nennt, und seinen stolzen Leichten Kreuzer in einen Frachter zu verwandeln behagte ihm weiß Gott nicht.

Letztlich hat er nachgegeben, weil zwei Überlebende plus Vurga-Beeren seinem persönlichen Erfolgskonto besser

stehen als nur zwei Überlebende. Mit solchen mathematischen Gesetzmäßigkeiten rechnet er.
Ich erinnere mich an den Notruf, den ich in den Hyperäther schickte und den Marten LaGrange so drastisch beendete. Die Aras, damals nur zwölf Lichtjahre entfernt, sind uns nie zu Hilfe gekommen – endlich weiß ich, warum, zumindest reime ich mir die Tatsachen aus den spärlichen Fakten zusammen, auf die ich nun Zugriff habe. Details unterliegen der militärischen Geheimhaltung.
Fast bin ich versucht, von einem typischen Mißverständnis zu sprechen. Es gab Fehler und Versäumnisse. Klar ist mir inzwischen, daß eine junge terranische Kolonie nahezu ausgelöscht wurde. Einer der wenigen Überlebenden hat in seinem verstümmelten Notruf von Aras berichtet ... Der zwei Tage später eintreffende Flottenverband ortete tatsächlich einen Raumer der Galaktischen Mediziner, konnte die Aras aber nicht mehr an der Transition hindern. Die INDEPENDENCE DAY hielt als einziges Schiff den Kontakt – bis sie nach beinahe zwei Wochen in einen Hinterhalt geriet. In der Peripherie einer Dunkelwolke war der Leichte Kreuzer angegriffen worden und hatte sich den Weg freischießen müssen.
Ich ersehe aus den positronischen Aufzeichnungen, daß Oberst Montak eine minutiöse Aufarbeitung der Geschehnisse vornehmen ließ – erst dabei wurde das von der automatischen Funkaufzeichnung erfaßte und archivierte Fragment meines Notrufs entdeckt. Niemand hatte dem zuvor Beachtung geschenkt.
Immerhin…
Aus Frank Sattros' persönlichen Aufzeichnungen

Die INDEPENDENCE DAY lag auf Heimatkurs Terra. Der Kommandant hatte von einer kleinen medizinischen Station

auf einem Mond im Sonnensystem gesprochen, die unbedeutend sei und weit vom Schuß. Er hatte »medizinische Station« gesagt, dabei jedoch »Seuchenlabor« gemeint.
»Wir hätten schweigen sollen«, murmelte Helen verwirrt. »Wir sind doch nicht mehr wirklich krank, oder? Sag's mir, Frank, was geschieht mit uns?«
Seit das Schiff Vurga verlassen hatte, war sie immer nachdenklicher geworden. Helen Mertens quälte sich mit Selbstvorwürfen. Weil sie überlebt hatte und die anderen nicht, weil sie die Erde wiedersehen würde, die Besatzung der EX-313 aber zwei Meter tief im Boden von Vurga lag.
Frank Sattros erging es kaum besser. Obwohl es keinen Grund gab, kein Versäumnis, das sich Helen oder er vorzuwerfen hatten. Sie hatten getan, was sie unter den gegebenen Umständen hatten tun können, alles andere hatte nicht in ihrer Macht gestanden.
Beide würden sie es nicht schaffen, die Vergangenheit zu vergessen. Ein Stück von ihnen war auf dem Planeten zurückgeblieben.
»Es mag verrückt klingen, aber ich weiß, daß ich nach Vurga zurückkehren werde.«
Um ein Trauma aufzuarbeiten? Sobald er die Augen schloß, glaubte Frank die weit ausladenden Sträucher wieder vor sich zu sehen und die reifen Früchte zwischen den Fingern zu spüren.
»Vurga ist unsere Zukunft, Helen«, sagte er mit Nachdruck. »Wir werden Schiffsladungen von Vurga-Beeren zu den großen Metropolen fliegen und verkaufen.«
»Du bist verrückt, Frank ...«
»Warum? Weil ich darauf vertraue, daß die Beeren ein beachtliches antibiotisches Potential bergen? Wir haben sie entdeckt, Helen. Willst du eine solche Chance einfach ignorieren?«

»Du bist total verrückt, Frank, weil du Besitzrechte ebenso mißachtest wie die übrige Gesetzgebung. Falls die Vurga-Beeren sich zur Herstellung eines medizinischen Präparates eignen, fallen alle Nutzungen dem Staat zu.«
»Herzlichen Dank für die Aufmunterung.«
»Du bist kein Phantast, also komm zurück auf den Boden der Tatsachen, wenn du willst, daß wir beide ...«
»Ja?«
»... daß wir ...« Helen verdrehte anklagend die Augen. »Ich wollte den Planeten vergessen«, stieß sie hastig hervor, »aber ich kann es nicht. Es ist wie Heimweh.«
Nun war heraus, was sie seit dem Start der INDEPENDENCE DAY bedrückte. Sie hatte befürchtet, daß Frank über solch irrationale Emotionen lachen würde, doch das tat er nicht.
Überraschend meldete sich Oberst Montak über Interkom. »Wir hatten endlich Hyperfunkkontakt mit der Erde. Die Fortsetzung Ihrer Quarantäne auf Mimas wurde bestätigt.«
Frank Sattros betätigte die Gegensprechanlage. »Ist das alles? Auf eine solche Antwort mußten wir tagelang warten?«
Der Kommandant kniff die Brauen zusammen, ein Ausdruck von Mißbilligung.
»Der 15. Februar 2106 wird in die Geschichte eingehen«, sagte er im Brustton der Überzeugung.
»Das war vorgestern«, entgegnete Frank.
»Eben. Seither war das Relaisnetz aller Hyperfunkstationen überlastet. Imperator Carbá ist im Gefecht mit den Robotwachen des Kristallpalastes gefallen. Der Robotregent des arkonidischen Imperiums existiert nicht mehr. Perry Rhodan, Atlan und das Mutantenkorps haben sich gegen Akonen und Antis durchgesetzt. Noch etwas: Zwanzigtausend

Raumschiffe der arkonidischen Robotflotte wurden bereits von unseren Raumfahrern übernommen. Es heißt, daß weitere achtzigtausend Schiffe herrenlos sind. Reginald Bull leitet die Aktionen.«
Das waren in der Tat Neuigkeiten, die die Milchstraße in Aufruhr versetzen mußten. Das arkonidische Imperium wurde bis in die Grundfesten erschüttert. Würden Terra und Arkon zu einer Einheit zusammenwachsen? Auf jeden Fall bedeuteten einhunderttausend Schiffe, Wachkreuzer der arkonidischen Heimatflotte, einen enormen Gewinn für die Erde. Sowohl in politischer als auch in wirtschaftlicher Hinsicht. Frank Sattros' Entschluß nahm in diesen Minuten deutlicher Gestalt an. Er würde alles tun, um die Handelsgenehmigung für Vurga-Beeren zu bekommen.

Zehn Tage später.
Nachdenklich betrachtete Frank Sattros die engbedruckten Folien. Vor der beleuchteten Rückwand hingen hingen mehr als ein Dutzend nebeneinander. Im Gegensatz zu Helen konnte er mit den dargestellten Farbschattierungen, die an komplizierte Strichcodes erinnerten, deutlich mehr anfangen. Das waren die Ergebnisse der genetischen Untersuchung. Unmittelbar daneben hingen die Vergleichsunterlagen. Jedes Besatzungsmitglied eines Explorers wurde vor dem Start auf Herz und Nieren abgeklopft. Nicht nur versicherungstechnische Gründe spielten dabei eine Rolle, auch Abwehrchef Allan D. Mercant hatte bei der Festlegung dieser Maßnahmen mitgewirkt. Wer ins Unbekannte vorstieß, mußte auf alle Eventualitäten vorbereitet sein. Dazu gehörte die Grundlage, Abweichungen erkennen zu können, seien sie gezielt herbeigeführt oder durch veränderte Umweltbedingungen entstanden.
Frank erkannte die Abweichungen. Einzelne Abschnitte

seiner DNA hatten sich verändert. Das galt auch für Helen.
»Was geschieht mit uns?« wollte sie wissen.
»Ich habe keine Ahnung«, gestand Frank. »Immerhin wurden wir aus der Quarantäne entlassen.«
Alle Vorsichtsmaßnahmen waren inzwischen aufgehoben. Sie konnten sich innerhalb der Forschungsstation frei bewegen. Ein Medorobot betrat den Raum. Ihm folgte eine Frau mit Nickelbrille, Pilzfrisur und Arztkittel. Ihr Alter war schwer zu schätzen, an die Sechzig möglicherweise. Das schlohweiße Haar kontrastierte hart zu ihrem dunklen Teint. Sie nickte kurz und schien das als Begrüßung als völlig ausreichend zu empfinden.
»Wir haben uns noch nicht gesehen, dennoch kenne ich Sie beide inzwischen sehr genau«, sagte sie. »Ich bin Amanda Singh, die Projektleiterin. Was Ihre ungeklärte Krankengeschichte angeht, wüßte ich gerne einmal vorweg, wo sich die Mannschaft der EX-313 infiziert hat. Die Datenspeicher des Explorers – so wurde mir berichtet – gaben leider nichts mehr her.«
Ihr auffordernder Blick war fast durchdringend. Frank spürte, daß die Beantwortung der Frage für sie von großer Wichtigkeit war.
»Alle von uns angeflogenen Sonnensysteme kommen in Betracht«, betonte er. »Aber einzelne Koordinaten … tut mir leid. Was wir wissen, haben wir schon mehrfach zu Protokoll gegeben.«
Amanda Singhs Blick wanderte weiter und schien nun Helen durchbohren zu wollen. »Es wäre einfacher gewesen, den Auslöser der Veränderungen kennenzulernen, als nur aufgrund der Veränderungen selbst zu urteilen.«
»Sie sprechen von ...«
»... der Genstruktur. Nichts, was Sie auf Anhieb an sich selbst feststellen würden, aber die Untersuchung hat ein

eindeutiges Bild ergeben. Nein«, sagte die Projektleiterin schnell, als Helen Mertens zu einer Frage ansetzte, »seien Sie unbesorgt: Das krankheitsauslösende Virus wurde abgetötet. Daß Viren ursächlich waren, konnte nachgewiesen werden, und zwar über Virushüllen, deren Protein noch nicht von Ihrer körpereigenen Abwehr absorbiert wurde. Bitte, Medo, den vorbereiteten Film!«

Der Roboter hatte einen Monitor plaziert, auf dem nun hochaufgelöste Bildsequenzen abliefen. Die Erläuterungen dazu, Fachbegriffe, mit denen zumindest Helen Mertens wenig anzufangen wußte, übersetzte er in eine verständliche Sprache.

Der Medorobot sprach von Transfektion, also der Übertragung nackter, ungeschützter Virus-RNA in die Zellen des menschlichen Körpers. Diese wurden veranlaßt, ein bislang unbekanntes und auch schwer nachweisbares Enzym zu produzieren, das Erbinformationen aus dem Zusammenhang herauslöste und zwischen den Chromosomen austauschte. Solche sogenannten Springenden Gene sind schon seit den siebziger Jahren des zwanzigsten Jahrhunderts bekannt, ihre Eskapaden können erhebliche Auswirkungen auf den betroffenen Organismus haben.

Im vorliegenden Fall bewirkten die Gene eine Zellwucherung, deren letztes Stadium blutende Geschwüre kennzeichneten.

»Nach dem Stand unserer Medizin ist eine Heilung nicht möglich«, erklärte Amanda Singh. »Jedoch können Antikörper die Transfektion verhindern. Diese Antikörper lassen sich auf Basis der isolierten Proteine künstlich herstellen.«

»Was nicht erklärt, weshalb unsere Geschwüre sich zurückgebildet haben«, überlegte Frank Sattros laut.

»Diese Wirkung ist den Kiwis ...«

»Vurga-Beeren!« unterbrach Frank.
»Meinetwegen auch so. Diese Heilwirkung ist den Vurga-Beeren zuzuschreiben. Ihre Vermutungen waren richtig.«
»Es gab keine andere plausible Erklärung«, wandte Helen ein.
»Der Medizin genügen Vermutungen nicht«, erwiderte die Projektleiterin. »Ist Ihnen eigentlich bewußt, wie viele neue Welten in jedem Monat von terranischen Raumschiffen angeflogen und wie viele potentiell tödliche Krankheiten trotz größtmöglicher Sicherheitsvorkehrungen immer wieder eingeschleppt werden? Ihr Fall ist nur einer von vielen.«
»Also unbedeutend?«
Die Terranerin indischer Abstammung vollführte eine ablehnende Handbewegung. »Eine solche Bemerkung, Miss Mertens, ist fehl am Platz. Jeder an Bord eines Raumschiffes kennt das Risiko, oder sollte es zumindest kennen. Die Raumfahrt zu verteufeln wäre der falsche Weg.«
»Das hatte ich gar nicht vor.«
Frank entsann sich politischer Demonstrationen auf der Erde. Quer durch die Bevölkerungsschichten war verlangt worden, die Raumfahrt einzustellen. Perry Rhodan selbst hatte in einer mitreißenden Ansprache von der kosmischen Bestimmung der Menschheit gesprochen. Er hatte Visionen vermittelt wie kein anderer Staatsmann vor ihm. Die Unruhen waren daraufhin abgeflaut. Anno 2099 war das gewesen, nur drei Jahre vor der praktischen Erprobung des neuen Raumschiffsantriebs an Bord des Forschungskreuzers FANTASY. Dr. Arno Kalups Weiterentwicklung des Lineartriebwerks hatte die Galaxis, bildlich gesprochen, ein Stück kleiner werden lassen.
»Zurück zu den Vurga-Beeren«, sagte die Projektleiterin. »Diesen haben Sie zweifellos zu verdanken, daß Sie noch leben. Allerdings wurden die genetischen Mutationen nicht

rückgängig gemacht. Ich will es mal so sagen: Sie wurden repariert. Woher war Ihnen eigentlich bewußt, daß die Früchte eine derartige Wirkung haben würden?«
Die Frage war von den Ärzten wiederholt gestellt worden. Frank Sattros hatte jedoch auch diesmal keine Antwort parat.
Auch Helen wußte es nicht. »Es war wie ein innerer Zwang…«
»Vermutlich ein biochemischer Vorgang«, erklärte die Inderin. »Wir haben den Schlüssel dazu erst heute morgen entdeckt. Seitdem halte ich Enzyme mehr denn je für eine universelle Zaubersubstanz. Die Beeren enthalten einen geringen Anteil von Enzymen, die nicht nur wie alle Eiweißmoleküle aus zwanzig verschiedenen Aminosäuren zusammengesetzt sind, sondern aus zwei weiteren. Die Affinität zu den Viren ist wie … eben wie ein Schlüssel, der ins Schloß gesteckt wird.«
Die optische Darstellung zeigte den Zellaufbau einer Vurga-Beere bis hin zur Molekularstruktur. Enzyme waren stets auf eine besondere Wirkung spezialisiert und konnten diese nur bei einem bestimmten Substrat wie Fett, Zucker oder auch Eiweiß erzielen. Um so verblüffender erschien, daß das »Vurga-Enzym« nicht nur die Rezeptoren der Virushülle sichtbar blockiert, sondern auch die herausgetrennten DNA-Abschnitte neu aufgebaut hatte.
»Wir verstehen die Wirkungsweise noch nicht«, gestand die Projektleiterin ein. »Möglicherweise spielen morphogenetische Felder eine entscheidende Rolle, ebenso die Wechselwirkung zwischen viralem und pflanzlichem Erbgut.«
»Das heißt, Sie benötigen weitere Untersuchungsreihen«, ahnte Frank.
»Wir wollen Miss Mertens und Sie unter Beobachtung halten«, bestätigte Amanda Singh, schränkte aber ein: »Ich

weiß, daß wir Sie dazu nicht zwingen können.«
»Sie experimentieren mit den Vurga-Beeren?«
Die Inderin verzog die Mundwinkel in einer Geste des Unwillens. »Die Früchte sind trotz Kühlung in ein Verwesungsstadium eingetreten, das keine Verwertung mehr zuläßt. Uns liegen nur noch fünf Exemplare vor, deren Schale und Fleisch unbeeinträchtigt sind. Auf diesen Früchten wurden Hautpartikel von Ihnen beiden gefunden.«
»Und?« fragte Helen Mertens, durch die künstliche Pause irritiert, die die Projektleiterin einlegte. »Was bedeutet das?«
»Das bedeutet nicht mehr und nicht weniger, als daß die Wechselwirkung zwischen den Vurga-Beeren und uns tiefgreifender ist als angenommen«, vermutete Frank.
»Zwischen den Vurga-Enzymen und den viralen Veränderungen Ihres Erbguts«, berichtigte Amanda Singh. »Wir vermuten, daß Ihre Zellschwingung sich verschoben hat, ein meßtechnischer Nachweis ist vorerst nicht möglich. Ihre Berührung genügte offenbar, die Vurga-Beeren frisch zu halten, während von Dritten oder auch Robotern gepflückte Früchte rasch verderben.«
Nervös fuhr Helen sich mit der Hand übers Gesicht. Sie schwitzte und hatte Mühe, ihre Furcht zu verbergen. »Was wird mit uns? Mutieren wir weiter? Und dann? Werden wir zu Monstren oder was?«
»Das kann ich ausschließen«, beruhigte die Inderin.
Helen begann eine unruhige Wanderung. Zwei, drei Schritte nur, dann zurück, danach wieder von vorne.
»Sie fürchten sich«, fuhr die Projektleiterin ungerührt fort. »Das ist verständlich, aber ebenso unnötig.«
Helen Mertens war stehengeblieben. Sie massierte ihre Schläfen. Eine fahle Blässe überzog ihr Gesicht.
»Wie interessant sind die Vurga-Beeren für die Medizin?«

wandte Frank sich an die Inderin.
»Das kann ich noch nicht sagen«, erwiderte die weißhaarige Frau ausweichend.
»Dann schlage ich Ihnen einen Deal vor. Die Erlaubnis für den Handel mit Vurga-Beeren gegen unsere Zustimmung zu weiteren Untersuchungen.«
»Niemand kann Ihnen das zusagen, Mister Sattros.«
»Sprechen Sie mit den Leuten, die das können.«
»Wie stellen Sie sich das vor?« fuhr ihn die Frau an.
Frank zuckte mit den Schultern. »Wie ich Sie einschätze, Mrs. Singh, bedeutet das für Sie kein Problem.«
»Könnte es sein, daß die Vurga-Beeren auch auf andere Personen zellverändernd wirken?« wollte Helen wissen.
»Die Veränderungen sind nach meinen Vermutungen ausschließlich durch den Virenbefall bedingt. Ansonsten ist das Vurga-Enzym nicht genverändernd. Im Laborversuch wurde nur eine antibiotische Wirkung festgestellt, jedoch nicht so ausgeprägt wie bei vorliegenden Medikamenten.«
»Weshalb kein wirtschaftliches Interesse an der Verwertung bestehen dürfte«, vollendete Frank. Er erhielt keine Antwort darauf.

Kapitel 6

Wirkungen

Es tat gut, wieder auf der Erde zu sein. Frank Sattros war sich gar nicht bewußt gewesen, wie sehr er den Ausblick über Chicago vermißt hatte. Hier, im fünfundzwanzigsten Stockwerk eines den arkonidischen Trichterhäusern nachempfundenen Wohnkomplexes, fühlte er sich zu Hause. Er hatte die Klimaanlage auf Außenbereich umgeschaltet und atmete die würzige Frühlingsluft. Bis noch vor einer halben Stunde hatte es geregnet. Dunstschwaden krochen durch die Straßen, und aus der Tiefe wehte das Aroma nassen Asphalts herauf. Hier war die Luft ganz anders als auf Vurga.

Ein anderer Ort ...

Um Franks Mundwinkel begann es zu zucken. Düsterrot hing Sol über dem Horizont. Bald würde die heraufziehende Nacht die Metropole in ein gleißendes Lichtermeer verwandeln. Ganz anders als der Dschungel von Vurga.

Eine andere Zeit ...

Nervös trommelten seine Finger gegen das Whiskyglas, das er mit beiden Händen umklammert hielt. Als müsse er nach einem festen Halt suchen. *Was ist bloß los mit mir?*

Er war noch nicht zur Explorerflotte zurückgekehrt,

verspürte auch kein Verlangen danach. Einzig und allein seinen Resturlaub hatte er beantragt.
Fliehe ich vor mir selbst?
Er wartete. Darauf, daß irgend etwas geschah. Und er lauschte in sich hinein. Weder furchtsam noch erwartungsvoll, irgendwie unbeteiligt. Helen fehlte ihm. Weshalb meldete sie sich nicht? Außer seiner Dienststelle war sie die einzige, die wußte, daß er sein Appartement wieder bezogen hatte.
Er schlief wenig, weil er die Träume fürchtete, die ihn dann quälten. In diesen Träumen lebten die Toten wieder auf.
Im Westen lag der Raumhafen der Stadt, der aus dem ehemaligen Flughafen O'Hare entstanden war. Mit flammenden Korpuskulardüsen stieg ein Schwerer Kreuzer in den Himmel. Wenig später hing das Donnern der Triebwerke und der verdrängten Atmosphäre in der Luft. Gewaltstarts wie dieser waren höchst selten und bedeuteten zumeist Gefahr.
Ich hätte Miriam anrufen sollen, dachte Frank. *Vielleicht könnte es wieder werden wie vor dem Start, vielleicht ...*
Er starrte ins Glas. Goldgelb und rauchig schimmerte der Scotch. Verlockend war der Gedanke, einfach zu vergessen ... Oder war er im Begriff, alles falsch zu machen?
Der Melder des Interkoms schreckte Frank Sattros aus seinen Gedanken auf. Erst nach dem neunten oder zehnten Summton nahm er das Gespräch entgegen. Das Signet des Medizinischen Dienstes erschien auf dem Schirm.
»Haben Sie die Genehmigung?« begann Frank anstelle einer Begrüßung, als die Projektleiterin sichtbar wurde.
»Reginald Bull weilt nach wie vor im Arkon-System.«
Er hat doch einen Vertreter. Außerdem gibt es untergeordnete Dienststellen, die entscheiden können. Beinahe hätte Frank der Inderin seine Vorwürfe entgegengeschleudert. Er

entsann sich gerade noch, daß er selbst alle außer Bull als unbedeutend angesehen hatte.
Leicht würde es nicht werden, das war sein Ärger. Er hatte die betreffenden Gesetzestexte und Ausführungsbestimmungen studiert.
»Die nächste Untersuchung ist fällig, Mister Sattros.«
»Hm.«
»Kein einfacher Blutscan. Ich muß Sie bitten, sich auf eine zweitägige Untersuchungsreihe vorzubereiten.«
»Gibt es neue Erkenntnisse?« fuhr er auf. »Heraus mit der Sprache: Was verschweigen Sie mir?«
»Nein, nur Routinetests. Wir wollen abklären, inwieweit sich Ihre Zellschwingungen genau verändert haben.«
Also doch. Irgend etwas war faul, das glaubte er deutlich zu spüren.
»Und wenn ich ablehne?«
In Amanda Singhs Augen blitzte es auf. »Das werden Sie nicht tun, Mister Sattros.«
»Was macht Sie dessen so sicher?«
»Die Untersuchung findet in Terrania statt, im Crest Memorial Hospital. Sie werden abgeholt, Mister Sattros. In exakt zweieinhalb Stunden. Bitte halten Sie sich bereit.«
Die Verbindung wurde einfach unterbrochen, bevor Frank zu einer Erwiderung ansetzen konnte. Er fühlte sich schlichtweg überfahren.
Weshalb eine Kontrolle der Zellschwingungen? fragte er sich. *Was haben die Mediziner herausgefunden, daß sie weitere Tests benötigen? Ich verändere mich.* Helens Worte fielen ihm ein: *»Werden wir zu Monstren oder was?«*
Er starrte in den Spiegel, aber da waren keine Wucherungen mehr in seinem Gesicht. Schon lange nicht mehr.
Die zweieinhalb Stunden wurden zur Ewigkeit. Frank

versuchte, Helen zu erreichen. Er hatte kein Glück. Vielleicht befand sie sich schon auf dem Weg in die Klinik.

Eine Gazelle der Explorerflotte brachte Frank Sattros von Chicago nach Asien. Terrania lag wie ein funkelndes Juwel in der Wüste Gobi. Üppiges Grün dehnte sich nach allen Richtungen aus. Der Diskus landete auf dem Dach des Crest Memorial. Ein Antigravlift führte bis unmittelbar zur Anmeldung.

Frank wurde schon erwartet. Der Mann war dunkelhaarig, schlank und hochgewachsen und kam zielstrebig auf ihn zu, obwohl Sattros sich inmitten einer dichten Menschenmenge bewegte. Frank erkannte sein Gegenüber, er hatte das Gesicht schon oft in den Medien gesehen. Sein erster Impuls war, sich umzuwenden und davonzulaufen, weil er sich plötzlich nackt und durchleuchtet fühlte.

Der andere hielt ihn am Arm zurück. »Haben Sie keine Angst, Mister Sattros. Es liegt auch in Ihrem Interesse, den Dingen auf den Grund zu gehen.«

Ist Helen schon da? Frank verbiß sich die Frage jedoch im letzten Moment. Was zwischen Helen und ihm gewesen war, ging niemanden etwas an. Auch John Marshall, der Chef des Mutantenkorps, hatte kein Recht, in seinem Privatleben herumzuschnüffeln.

Marshall ließ endlich seinen Arm wieder los. »Gehen wir«, sagte er. »Ich freue mich darauf, mit Ihnen zu arbeiten.«

Ehrfurcht vor dem Leiter des Mutantenkorps spürte Frank zwar nicht, trotzdem war ihm, als prallten zwei Welten aufeinander. Eine besondere Aura schien Marshall zu umgeben, ein Flair des Unbekannten, Geheimnisvollen ...

Der Bereich des Hospitals, in den John Marshall ihn führte, hatte wenig mit dem öffentlich zugänglichen Teil gemein. Eine Büste aus Bronze und schneeweißem Marmor zeigte

den Arkoniden Crest, der schon seit 2045 tot war.
Hinter einer Desinfektionsschleuse warteten Medoroboter. Und Kampfroboter. Frank erschrak beim Anblick der schweren Kolosse.
»Keine Sorge«, sagte Marshall. »Die Kampfroboter sind nur Routine.«
Schwer, das zu glauben. Routine in einer Klinik wie dieser? Niemals hätte er weiteren Untersuchungen zustimmen dürfen. Er war geheilt, nur das zählte. Nichts sonst.
»Wo ist Helen? Ich will mit ihr reden.«
»Später. Miss Mertens absolviert bereits einen intensiven Zellcheck.«
Ausreden. Nichts anderes. Was haben sie bloß mit uns vor?
»Ihr Programm beginnt in dreißig Minuten. Sie werden in einen künstlichen Tiefschlaf versetzt, Mister Sattros, in dem nur Ihr Unterbewußtsein aktiv bleibt. Meine Aufgabe ist, Ihre Reaktionen zu überwachen ...«
Ich darf nicht daran denken, daß ich mit Helen ... Marshall ist Telepath, er spioniert mich aus. Verdammt, es geht ihn nichts an. Das geht niemanden etwas an, auch wenn inzwischen Wochen vergangen sind.
Oh Mann, wie soll ich einem Gedankenspion ausweichen? Es ist gar nicht so einfach, die Gedanken im Zaum zu halten. Je mehr ich mich darauf konzentriere, nichts zu denken, desto schwieriger wird es. Zählen bringt auch nichts. Marshall weiß bestimmt schon alles. Wir waren allein, Marshall, allein auf dieser gottverdammten Dschungelwelt ... Warum rege ich mich überhaupt auf? Bin ich so verklemmt – oder fürchte ich die Wahrheit? Was werde ich tun, wenn die Ärzte mir heute oder morgen eröffnen, daß ich noch immer den Tod in mir trage? Dann platzt mein Traum, mir eine eigene Existenz aufzubauen, wie eine Seifenblase. Ich will doch nichts anderes als weiter zu den Sternen

fliegen und dabei Geld verdienen. Ich will Vurga-Beeren importieren, und ...
Eine Tür glitt auf, der Raum dahinter wirkte wohnlich mit seiner modernen Einrichtung. Ein großes Panoramafenster erlaubte einen überwältigenden Blick auf die Metropole, das Herz des Solaren Imperiums.
»Hier werden Sie während der kommenden Woche wohnen«, sagte John Marshall. »Das Appartement verfügt über alle Annehmlichkeiten.«
»Man sagte mir, zwei Tage«, protestierte Sattros. »Ich denke, daß ich ein Recht habe, Änderungen rechtzeitig zu erfahren.«
»Es tut mir leid, ich weiß vorerst auch nicht mehr. Allan D. Mercant hat mit den Ärzten abgesprochen, daß Mitglieder des Mutantenkorps den Untersuchungen beiwohnen sollen.«
»Die Solare Abwehr interessiert sich für uns?« Frank Sattros lachte heiser. »Wir haben uns nichts vorzuwerfen. Mercant höchstpersönlich?« Er schüttelte den Kopf und drehte sich auf dem Absatz um. »Habe ich überhaupt eine Wahl, Mister Marshall?«
»Wohl kaum«, antwortete der Telepath.
Frank warf sein knapp bemessenes Handgepäck auf den nächsten Sessel und starrte hinaus auf die Skyline Terranias.
»Wird Reginald Bull auch hier erscheinen?« fragte er sarkastisch. »Oder Perry Rhodan?«
Lächelnd schüttelte John Marshall den Kopf. »Sie koordinieren immer noch die Jagd nach den herrenlosen Schiffen des Robotregenten.«

»Ortung in Sektor DX-19-Q grün. Entfernung dreieinhalb Lichtminuten. Da fällt eine Flotte aus dem Hyperraum.«

»Wie viele Schiffe?«
»Fünf ... sieben ... zehn – zehn Strukturerschütterungen innerhalb von zwölf Sekunden. Ein exaktes Manöver, Sir, und ...«
Gefechtsalarm heulte durch die INDEPENDENCE DAY. Trotzdem blieb der Energieschirm des Zweihundert-Meter-Kreuzers desaktiviert. Zur Verringerung der Ortungsgefahr. Das Schiff stand in seiner derzeitigen Position beinahe wie auf dem Präsentierteller.
»Details, Leutnant! Ich will wissen, wer, was und warum!«
»Kugelraumer und Walzenschiffe, Sir!« meldete der Mann hinter den Ortungen. »Sie fächern auf. Abfangkurs, Sir! Die Schiffe gehen auf Abfangkurs!«
»Funkempfang?«
»Nichts, Sir. Kein Pieps.«
»Wieviel Zeit bleibt uns bis zum Erreichen der kritischen Distanz?«
»Exakt vier Minuten fünfzehn.«
Die Ortungsdaten wurden auf den Panoramaschirm überspielt. Für eine optische Erfassung waren die Schiffe noch zu weit entfernt, nur die Hypertaster zeigten ihre Positionen. Die Hochrechnung ergab, daß der Kurs aller Einheiten in einer kugelförmigen Einschließung des terranischen Kreuzers enden würde.
»Das ist so gut wie eine Kriegserklärung. Volle Gefechtsbereitschaft! Und eine Funkverbindung zum gegnerischen Flaggschiff.«
Die INDEPENDENCE DAY beschleunigte aus dem Stand heraus. Nach zweieinhalb Minuten reagierte endlich der Hyperkom. Ein ausdrucksloses Springergesicht, überwuchert von einem üppig wallenden Bart, starrte die Terraner an.
»Das Schiff ist konfisziert!« dröhnte der Galaktische

Händler. »Wir schicken ein Enterkommando an Bord.«
»Mit welchem Recht ...?« begehrte Oberst Montak auf, wurde aber sofort unterbrochen.
»Mit dem Recht des Stärkeren. Und mit demselben Recht, mit dem das Solare Imperium die arkonidische Robotflotte kapert.«
»Sollten Ihre Schiffe angreifen, Springer, werden wir zurückschlagen. Überlegen Sie sich's gut.«
Montak unterbrach die Verbindung. Er blickte in betroffene Gesichter. Immerhin waren drei der gegnerischen Einheiten Fünfhundert-Meter-Kreuzer, und die Springer-Walzen standen ihnen in Feuerkraft kaum nach. Die Tatsache, daß es schon lange niemand mehr gewagt hatte, ein Schiff des Solaren Imperiums in aller Offenheit anzugreifen, schreckte den Springer nicht ab. Die Vernichtung des Robotregenten von Arkon vor wenigen Wochen hatte wohl ein Beben in den galaktischen Machtverhältnissen ausgelöst.
Noch eineinhalb Minuten bis zum Erreichen der Gefechtsdistanz.
»Funker, informieren Sie Terrania.«
Inzwischen hatte der Erste Offizier die Bildsequenz von Bord des Walzenraumers ausgewertet. Was vorher keiner beachtet hatte, wurde erst in der Wiedergabe deutlich: Hinter dem Springer hatten sich zwei Aras in der Zentrale aufgehalten. Ihr Spiegelbild zeichnete sich schwach auf mehreren Monitoren ab.
»Das ist kein Zufall«, platzte der I.O. heraus. »Bei allen Dunkelwolken der Galaxis, die Aras sind die treibende Kraft. Die sind hinter uns her.«
»Aber warum wir? Die INDEPENDENCE DAY ist unbedeutend...« Oberst Montak verstummte. Er drosch die Faust in die geöffnete linke Handfläche. »Die Aras revanchieren sich. Für das Schiff, das wir wrack geschossen

haben, als wir ihrem Hinterhalt…«

Leutnant Snider stieß einen wütenden Aufschrei aus. Er warf sich auf den Funker, der soeben den Notruf absetzen wollte, und riß ihn von den Kontrollen fort. Ineinander verkrallt rollten sie über den Boden.

»Aufhören!« brüllte der Oberst. »Hören Sie, sofort!«

Snider drosch mit den Fäusten auf den Funker ein – erst als ihn mehrere Crewmitglieder von seinem Opfer wegzerrten, beruhigte er sich wieder.

»Der Hauptrechner«, stieß er hervor. »Alle Daten fließen in den Hyperfunk. Das ist Verrat.«

»Sämtliche Speicherdaten sind gerafft und sendebereit«, bestätigte jemand ungläubig.

Oberst Montak packte den Funker am Uniformaufschlag. »Warum, Benson?« herrschte er ihn an. »Weshalb setzen Sie Ihre Karriere aufs Spiel? Wir führen keine Geheimdaten, die denen da drüben von Nutzen sein könnten.«

Ein dröhnender Hammerschlag schien die INDEPENDENCE DAY stoppen zu wollen. Schwere Erschütterungen durchliefen das Schiff, begleitet vom Flackern der Beleuchtung. Tief im Schiffsinnern veränderte sich das Rumoren der Konverter.

»Drei Strahltreffer. Energiefeldbelastung siebzig Prozent.«

»Reden Sie, Benson! Was wollen die von uns?«

Keine Reaktion. Mit starrem Blick starrte der Funker ins Leere, dann verdrehte er die Augen und sackte haltlos in sich zusammen.

»Schockzustand.«

»Schafft ihn mir aus den Augen und bringt ihn in die Arrestzelle.«

Erneut wurde der Leichte Kreuzer von heftigen Schlägen erschüttert. Die Belastungsanzeigen kletterten in den Warnbereich.

»Möglichkeit zum Linearflug?« brüllte Oberst Montak.
»In einer Minute zehn, Sir.«
Turmdicke Strahlenbündel hämmerten in den Energieschirm des Kugelraumers. Plötzlich entstanden Strukturrisse, Überschlagsblitze züngelten zur Schiffshülle. Sogar innerhalb der schallisolierten Zentrale war ein fernes Knistern und Prasseln wie von einem Hagelsturm zu hören.
Noch fünfzig Sekunden ...
»Zwei Walzen auf Kollisionskurs! Ausweichmanöver!«
Das Dröhnen der Konverter und der Ringwulstdüsen wurde ohrenbetäubend. Die Andruckkräfte schlugen durch und würfelten die Besatzungsmitglieder, die nicht angeschnallt in ihren Kontursesseln saßen, wie Puppen durcheinander. Eine Titanenfaust preßte den Oberst zu Boden, drückte ihm die Luft aus den Lungen und drohte ihm das Fleisch vom Gesicht zu reißen.
Das flackernde Rot der Warnanzeigen überflutete die Zentrale. Sekundenbruchteile später gab es einen gewaltigen Aufprall, und das Kreischen berstender Stahlplatten kündigte den Weltuntergang an. Eine Springerwalze bohrte sich tief in den Rumpf des Kugelraumers, bevor die INDEPENDENCE DAY den zweiten Raumer mittschiffs rammte. Verwehende Energieschleier vermischten sich mit den sonnenhellen Feuerbällen atomarer Explosionen.
Wrackstücke von Beibootgröße wurden nach allen Seiten katapultiert, doch der sich rasend schnell aufblähende Glutball holte sie ein und verwandelte sie in flammende Kometen. Es war ein Flackern in der Schwärze des Alls, ein tödliches Schauspiel.
Zurück blieben nur irrlichternde, langsam erlöschende Schleier.

Klinikbetrieb im Detail. Untersuchungen ohne Ende. Herumgereicht von einem Arzt zum nächsten, angeschlossen an Maschinen, deren Sinn und Zweck so undurchsichtig waren wie das Material ihrer Verkleidung.
Die Blutwerte waren normal. Nicht einmal mehr Bruchstücke der Virushüllen waren nachweisbar. Beim letzten Check war das noch anders gewesen.
Weitere Tests wurden gefahren, bei denen Frank Sattros das Gefühl hatte, sein Innerstes würde bloßliegen. Dazu in regelmäßigen Abständen Blutuntersuchungen. Ebenso Proben aus dem Rückenmark.
»Ihre Belastbarkeit ist größer geworden, Mister Sattros«, stellte der Chefmediziner fest, als sie am dritten Tag die Teilergebnisse diskutierten. Frank hatte um diese Aussprache gebeten. Entweder ihm wurde jetzt reiner Wein eingeschenkt, oder er würde sich weigern, weiterhin an den Tests teilzunehmen.
»Ich hatte hinreichend Gelegenheit, mich auszuruhen«, erwiderte er.
Der Arzt schüttelte den Kopf. »Sie verstehen mich falsch, Frank. Ich darf doch Frank zu Ihnen sagen? Ihre körperliche Verfassung ist besser als bei der Abschlußuntersuchung vor der Explorermission.«
Sattros lehnte sich in seinem Sessel zurück, verschränkte die Hände vor dem Bauch und lächelte sein Gegenüber an.
»Schön«, sagte er. »Dann haben Sie wohl nichts einzuwenden, wenn ich das Crest Memorial heute wieder verlasse. Ich fühle mich blendend, damit dürfte der Anlaß für weitere Untersuchungen entfallen sein.«
»Miss Mertens' Werte haben sich in gleicher Weise verändert«, fuhr der Mediziner unbeirrt fort. »Sie beide haben eine Verjüngungskur hinter sich.«
Frank grinste sekundenlang. Erst dann fiel ihm auf, daß der

Mediziner keinen Scherz gemacht, sondern seine Aussage durchaus wörtlich gemeint hatte.

»Es ist so, Mister Sattros. Wir sind einhellig der Ansicht, daß der veränderte Energiehaushalt Ihrer Zellen dafür verantwortlich ist.«

Frank schnellte schier nach vorne, seine Hände verkrampften sich um die Sessellehnen. »Der auslösende Faktor waren die Vurga-Beeren?«

»Ehrlich gesagt: Wir hatten Sie im Verdacht, Wanderer einen Besuch abgestattet zu haben. Auch wenn das jetzt verrückt klingt.«

»Das ist es.« Frank schwang sich aus dem Sessel und blieb erst vor dem Panoramafenster stehen. Nachdenklich blickte er hinaus über die Silhouette von Terrania, nahm aber dennoch herzlich wenig von dem wahr, was er sah.

»War deshalb John Marshall in meiner Nähe, und sind Sie jetzt zufrieden, Doktor? Wie weit hat er in meinen Gedanken herumgeschnüffelt?« Die Hände im Nacken verschränkt, drückte er die Stirn gegen das kühle Glas. Sein Atem ging stoßweise, er schwitzte und fror gleichzeitig. Dieses Aufwallen der Gefühle kam tief aus seinem Inneren. »Wanderer«, stieß er endlich gepreßt hervor. »Eine Veränderung unserer Zellschwingungen … Glauben Sie im Ernst …?« Er löste seine Hände und schlug die Handflächen gegen die Scheibe. Dann drehte er sich um und preßte seine Schultern und den Hinterkopf an das Fenster. Für einen kurzen Moment hielt dabei er die Augen geschlossen. »Sie vergleichen unsere Veränderung mit der Zelldusche, die Perry Rhodan und die anderen von ES erhalten haben?«

»Wir hoffen, das herauszufinden. Deshalb brauchen wir Ihre Mithilfe, Frank.«

»Was sagt Helen dazu?«

»Sie ist einverstanden.«

»Ich will sie sehen.«
»Erst nach Abschluß der Untersuchungen. Die Meßreihen sind zu wichtig, als daß sie durch eine Unterbrechung verfälscht werden.«

Aus drei Tagen wurden vier, dann fünf. Letztlich waren es acht Tage, die Frank Sattros im Crest Memorial – zwischen Euphorie und Niedergeschlagenheit schwankend – zugebracht hatte. Für jede einzelne Zelle seines Körpers mußte inzwischen eine Auswertung vorliegen.
»Wir sind jünger geworden«, murmelte er im Selbstgespräch und lachte heiser. »Zwei Jahre, vielleicht auch drei. Aber niemand kann sagen, ob der Vorgang zum Stillstand gekommen ist.« Zum wer weiß wievielten Mal zog er die Haut über den Wangenknochen straff. »Vielleicht geht alles weiter, vielleicht sind wir in ein paar Monaten wieder Kleinkinder.«
Er schnippte mit den Fingern. *John Marshall,* dachte er, *falls Sie gerade in meinen Gedanken wühlen, kommen Sie doch bitte her. Ich brauche jemanden zum Reden.*
Der Türmelder sprach an.
Frank öffnete eigenhändig. »Haben Sie vor dem Zimmer gewartet, Mister Marshall?«
Der Besucher war nicht Marshall. »Helen«, stieß Frank Sattros überrascht hervor. Allerdings traf er keine Anstalten, die Tür freizugeben.
»Willst du mich hier draußen abfertigen?«
Hastig machte er Platz. »Du siehst gut aus.«
»Ehrlich gesagt, ich vermisse Vurga«, erwiderte die Frau. »Die Ärzte behaupten, das sei eine ganz normale psychische Reaktion. Trotzdem hoffe ich, daß wir den Planeten bald wiedersehen werden.«
»Wieso ausgerechnet jetzt?«

»Wolltest du nicht eine Einfuhrgenehmigung für Vurga-Beeren?«

»Seit ich in der Klinik bin, habe ich nicht mehr darüber nachgedacht. Es gibt so viele Wenn und Aber. Wir wissen noch nicht einmal, was mit uns geschieht. Unter diesen Umständen eine Genehmigung zu erhalten wäre wohl ein größerer Zufall als ein Gewinn in der weganischen Lotterie.«

»Trotzdem gibt es Ferronen, die ihr Glück in dieser Lotterie gemacht haben. Homer G. Adams ist bereit, dich anzuhören, Frank.«

Sattros' Unterkiefer klappte herunter. Nach einer halben Minute stand er immer noch da, als hätte er vergessen, den Mund zu schließen.

»Homer ...«

»... Gershwin Adams. Vor einer Viertelstunde habe ich die Bestätigung des Finanzministeriums erhalten. Wenn du schon nichts unternimmst, Frank, muß ich es tun. Die Klinikleitung und auch John Marshall haben mich tatkräftig unterstützt, nachdem ich sie vor die Wahl gestellt hatte: entweder Fortsetzung der Untersuchungen und ein Gespräch mit Adams oder nichts von beidem. Nun mach dich darauf gefaßt, daß jeden Moment der Chefarzt anruft. Die Schlußbesprechung ist angesagt. Soviel ich in Erfahrung gebracht habe, kommt sogar Amanda Singh via Transmitter von Mimas.«

Eine Stunde später saßen alle Beteiligten im Konferenzsaal des Crest Memorial beieinander. Auch mehrere Wissenschaftler und Mediziner, die weder Helen Mertens noch Frank Sattros je zuvor gesehen hatten.

Vorbereitetes Filmmaterial der INDEPENDENCE DAY leitete das Kolloquium ein. Das Wrack der EX-313 im Dschungel von Vurga; Pflanzen, Blütenstände und reife

Früchte nebeneinander; Aufnahmen der Ernte und die Beeren in den Kühlräumen des Kreuzers.
Dann kam eine Überblendung hin zu den verwesenden Früchten: eine zähe Masse, deren Gestank man förmlich zu riechen glaubte. Nur wenige Vurga-Beeren hatten ihr reifes, pralles Aussehen beibehalten.
»... es war schwer, eine Wechselwirkung nachzuweisen. Die Vurga-Beeren geben Enzyme ab, die unter bestimmten Umständen eine Veränderung an den menschlichen Chromosomen bewirken, also die Zellschwingungen beeinflussen. In einer Reihe mit Blindtests konnte eindeutig nachgewiesen werden, daß die bloße Berührung einer menschlichen Hand nichts bewirkt. Die Folgerung daraus war, daß die Enzymproduktion entweder nur im Zeitpunkt des Pflückvorgangs erfolgt oder daß es dazu eines Katalysators bedarf. Sie werden im Laufe des Vortrags sehen, meine Damen und Herren, daß die zweite Annahme bewiesen werden konnte. Als Katalysator ist die Kontamination mit jenen Viren anzusehen, die den Tod der Besatzung des Explorers 313 verursacht haben ...«
Es folgten schier endlos anmutende Tabellen mit Meßwerten und schließlich Darstellungen der Virusproteine, der viralen RNA und der dadurch ausgelösten Schäden am menschlichen Erbgut.
»...kann als erwiesen gelten, daß die defekten Gene durch die Inhaltsstoffe der Vurga-Beeren repariert wurden. Ob jedoch die Veränderung des Energiehaushalts der Mitochondrien durch die Viren ausgelöst wurde oder ob letztlich die Vurga-Beeren dafür verantwortlich sind, läßt sich noch nicht abschließend beurteilen. Dazu bedarf es weiterer Untersuchungsreihen. Fest steht, daß die Telomere beider Versuchspersonen eine Reparatur und damit eine deutliche Verlängerung aufweisen. Die Zeit wird zeigen, ob dieser

Zustand reversibel ist.«
Erregung machte sich unter den Zuhörern breit. Ein Zwischenrufer war überzeugt davon, daß die Veränderung der Telomere eine Verlängerung der Lebensspanne bedeutete.
»Wir haben dennoch *nicht* das Mittel für die potentielle Unsterblichkeit entdeckt«, widersprach Amanda Singh. »Auch wenn Teilergebnisse eine Ähnlichkeit mit den Auswirkungen der Zelldusche vermuten lassen, die ES auf dem Kunstplaneten Wanderer gewährt hat.«
Bei den Telomeren handelt es sich um die Endabschnitte der Chromosomen, die aus hochrepetitiver DNS bestehen. Jeder Zellvermehrungszyklus kostet ein klein wenig Substanz dieser DNS, und es war schon im 20. Jahrhundert vermutet worden, daß eine irreparable Verkürzung der Telomere auch die Lebensspanne des betreffenden Individuums beeinträchtigte.
»Das Zusammenwirken von Viren und Vurga-Beeren ist unverkennbar?« fragte einer der Wissenschaftler, den weder Helen noch Frank persönlich kannten.
»In der Hinsicht pflichte ich Ihnen bei, Kollege.«
»Demnach muß es unser erklärtes Ziel sein, neues Virenmaterial zu beschaffen, um im Laborversuch zu beweisen …«
»Über den Flug der EX-313 liegen keine verwertbaren Daten vor«, unterbrach die Inderin.
»Das menschliche Gehirn ist ein ebenso guter, wenn auch nicht so verläßlicher Datenspeicher wie Positroniken. Mit den entsprechenden Mitteln ist es möglich, alle Informationen abzurufen«, beharrte der Wissenschaftler.
Gemurmel und Unruhe entstanden von allen Seiten. Mit einer herrischen Handbewegung sorgte Amanda Singh für Ruhe.
»Erstens ist unbekannt, wann die Infektion erfolgte. Die Inkubationszeit kann zwei Tage wie zwei Monate oder mehr

als ein Jahr betragen haben. Während dieser Zeit wurden Dutzende unbekannter Welten angeflogen, aber von keiner liegen auch nur annähernde Positionsdaten vor. Der Chef des Mutantenkorps, Mister Marshall, hat das bereits bestätigt. In der Richtung weiterforschen zu wollen wäre wie die Suche nach der berühmten Nadel im Heuhaufen.«

»Also bleiben als handfester Beweis nur die Vurga-Beeren, die den Untersuchungen zufolge lediglich keimtötende Wirkung haben. Das ist unergiebig und uninteressant.«

»Womit das Forschungsprojekt EX-313 zu den Akten gelegt wird.« Die Inderin nickte beipflichtend. »Abgesehen von weiterhin regelmäßigen Untersuchungen der beiden einzigen Überlebenden, deren Zustimmung wir aber benötigen.«

»Ich denke nicht daran«, wollte Frank Sattros aufbegehren, doch Helens Blick ließ ihn nach den ersten beiden Worten verstummen. »Ich denke, daß wir nichts dagegen haben«, fuhr er fort. »Aber höchstens im Jahresabstand, nicht kürzer.«

»Das gilt für Sie, Mister Sattros, als Zivilperson im Dienst der Explorerflotte, Miss Mertens hingegen unterliegt den Dienstvorschriften.«

»Ich kenne die Paragraphen«, bestätigte Helen. »Mindestens vierteljährliche Kontrollen während der Dienstzeit und alle Jahre bis auf weiteres nach deren Beendigung.«

Kapitel 7

Verhandlungen

Das Büro war riesig. Ein lichtüberfluteter Raum, in dem das Auge des Eintretenden von exotischen Einpflanzungen abgelenkt wurde. Frank Sattros spürte, wie die Anspannung von ihm abfiel. Er atmete tief durch. An den Wänden hingen Hologramme fremder Welten. Landschaften von atemberaubender Schönheit für den, der sich an solchen Dingen erfreuen konnte.
»Sie haben um einen Termin bitten lassen, Mister Sattros.« Unvermittelt stand er neben ihm: ein kleiner, buckliger Mann, dessen Kopf im Vergleich zum Körper etwas zu groß geraten schien. Das blonde Haar wirkte schütter und eine Nuance zu lang, aber daran störte Frank sich nicht. Er hatte Mühe, dem Blick der blaßblauen Augen, die ihn durchdringend musterten, standzuhalten.
Das also war Homer G. Adams, einer der mächtigen Männer des Solaren Imperiums. In den unzähligen TV-Sendungen wirkte er imposanter.
Er reicht mir gerade bis zu den Schultern, durchzuckte es Frank.
»Setzen wir uns«, sagte Adams.
Der Schreibtisch inmitten der Pflanzen erinnerte ihn an eine Kommandozentrale. Bildschirme und Sensorsteuerungen

waren in die polierte Platte eingelassen.
Homer G. Adams war fast zweihundert Jahre alt und einer der potentiell Unsterblichen. Auch wenn die überlichtschnelle Raumfahrt längst Routine geworden war, an die Tatsache, daß es eine Handvoll Menschen gab, die nicht mehr alterten, mußten sich viele immer noch gewöhnen. Früher hatte Frank sich nie wirklich Gedanken darüber gemacht, heute war das anders.
»Sie wollen mit mir über eine Welt reden, die rund zwanzigtausend Lichtjahre von Sol entfernt ist.«
Frank Sattros nickte schwer.
Biologisch war Adams' Alterungsprozeß bei knapp über sechzig Jahren durch die Zelldusche angehalten worden. Homer Gershwin gehörte zum Mutantenkorps und war Gründer der General-Cosmic-Company. In der Geschichtsschreibung wurde er bereits als das überragende Finanzgenie des ausgehenden zwanzigsten Jahrhunderts gefeiert.
»Ich beantrage eine Nutzungsgenehmigung für den Planeten Vurga.« So direkt hatte Frank nicht mit seinem Anliegen herausplatzen wollen. Adams' Nähe verwirrte ihn. Aber jetzt war es schon geschehen, und warum eigentlich nicht?
Adams, seines photographischen Gedächtnisses wegen als Halbmutant eingestuft, lächelte wissend. »Junger Freund«, sagte er leise, bedächtig beinahe, »Sie wollen also diese Vurga-Beeren ins Solare Imperium importieren. Das heißt mit anderen Worten, Ihren sicheren Platz als begleitender Biologe in der Explorerflotte wollen Sie dem unsicheren Geschäftsleben opfern. Da wird mit bedeutend härteren Bandagen gekämpft.«
»Ich weiß.«
Ein Lächeln umfloß Adams' Mundwinkel. »Haben Sie Rechte an der betreffenden Welt? Nein, die können Sie gar nicht haben, und das sollte Ihnen auch bewußt sein.

Entdeckt wurde das Sonnensystem XB-714/28a von einem Schiff der Solaren Explorerflotte und kartographiert von einem terranischen Kreuzer. Da keinerlei Anzeichen intelligenten Lebens auf Vurga gefunden wurden, kann das Solare Imperium nach geltendem Recht Anspruch auf XB-714/28a erheben. Da außerdem keines der galaktischen Völker einen Stützpunkt dort unterhält, darf ich Ihnen heute schon versichern, daß wir das System als Zugang der Kategorie III unserem Staatsgebiet eingliedern werden. Das bedeutet: keine Besiedlung, keine ständige Niederlassung, lediglich eine Relaisstation und eventuell, in einigen Jahrhunderten, Abbau von Bodenschätzen. Woher nehmen Sie also die Gewißheit, daß die General-Cosmic-Company nicht die Solaren Rechte übernimmt und ihrerseits den Import der Vurga-Beeren einleitet? Falls ein solches Geschäft überhaupt lukrativ erscheint. Ebenso Frachtkosten, Vermarktung und so weiter. Früchte mit hohem Vitamingehalt wachsen auf vielen Planeten, und allein der keimtötenden Wirkung wegen…«

Zum erstenmal löste Frank sich von dem durchdringenden Blick seines Gegenübers. Was Adams sagte, war richtig, entsprang aber wohl einer beabsichtigten Hinhaltetaktik. Frank beugte sich nach vorne und stützte herausfordernd die Ellenbogen auf den Schreibtisch.

»Weshalb verschweigen Sie die Verlängerung der Telomere? Der Wissenschaft ist längst bekannt, daß die Endstücke der Chromosomen den Alterungsprozeß beeinflussen.«

»Mister Sattros«, Adams machte eine bedeutungsvolle Pause, »Sie haben hoffentlich nicht die Absicht, mit unbewiesenen Vermutungen zu hausieren?«

»Ich habe vor, diese Früchte als gesund zu verkaufen. Daran läßt sich wohl nicht rütteln.«

»...sofern die GCC nicht das Vorrecht geltend macht.«
In einer großzügigen Geste breitete Frank die Arme aus. »Mister Adams, Sie scheinen nur die Kleinigkeit zu vergessen, daß die Früchte zu faulen beginnen, falls sie nicht sachgerecht geerntet werden.«
Adams lehnte sich zurück. Herausfordernd schaute er den Biologen an.
»Sie glauben also, Mister Sattros, Sie hätten ein Monopol? Das mag sein. Derzeit jedenfalls. Aber die Wissenschaft wird die Veränderung, die Sie und Miss Mertens durch die Vireninfektion erfahren haben, über kurz oder lang nachstellen können.«
»Bis dahin wären Sie auf uns angewiesen.«
Adams nickte bedächtig.
»Verfügen Sie über Frachtschiffe?« wollte er wissen.
»Noch nicht.«
»Aber die nötigen finanziellen Mittel stehen Ihnen wohl zur Verfügung?«
»Ich werde die Gelder auf dem langfristigen Kapitalmarkt bekommen. Ein Fonds zum Beispiel ...«
»Kapitalanleger verlangen Sicherheiten. Was bieten Sie außer einer vagen Vorstellung? Legen Sie ein schlüssiges Konzept vor!«
»Wann bekomme ich die Nutzungsgenehmigung?«
»Machen Sie nicht den zweiten Schritt vor dem ersten, Mister Sattros. Wir haben einen guten Ruf zu verlieren.«
Frank erhob sich. »Bis wann?« wollte er wissen.
»Drei Monate. Längstens. Dann sind alle Prüfungen abgeschlossen.«
»Gut, Mister Adams. Sie erhalten mein Konzept und den Nachweis vorhandener Schiffstonnage. Ich gehe davon aus, daß ich dann mit einer Befürwortung durch das Wirtschaftsministerium rechnen darf. Schließlich leben wir in

einer Zeit des Aufbaus.«
Das Finanzgenie des Solaren Imperiums nickte zustimmend. »Wir werden uns, denke ich, irgendwie einigen, Mister Sattros.«
Er schaute seinem Besucher noch nach, als dieser den Raum schon verlassen hatte. Obwohl hinter ihm plötzlich das Geräusch leichter Schritte zu vernehmen war und ein leises Räuspern, drehte er sich nicht um.
»Er gefällt mir, dieser Frank Sattros«, sagte er nachdenklich. »Offenbar hat er wirklich das Zeug dazu, seine Vorstellungen umzusetzen.«
Aus dem Räuspern wurde ein spöttisches Kichern. »Seine Gedanken hättest du lesen sollen, Homer. Erst fühlte er sich verschaukelt, dann begann es in ihm zu kochen. Er wird dir zeigen, was eine Harke ist.«
»Weiß er...?«
»Der Gute ist ahnungslos wie ein neugeborener Ilt. Er will wirklich den Menschen nur Gutes tun mit seinen Vurga-Beeren.«
»Laß ihn nicht aus den Augen!«
»Was ist mit dieser Helen?«
»Auf sie achten Mercants Leute.«
Endlich wandte Adams sich um. Doch da war Gucky schon wieder verschwunden.

Mit Einbruch der Dämmerung hatte es zu schneien begonnen. Dicke Flocken tanzten in der Luft, im Licht der Straßenlampen wirbelten sie dicht an dicht.
Inzwischen lag der Schnee zentimeterhoch auf den Dächern der schmucken Einfamilienhäuser, setzte den Zäunen weiße Hauben auf und verwandelte die Straßen in unberührte Pisten. Die Zeit schien vor hundert oder hundertfünfzig Jahren stehengeblieben zu sein. Erst in weiter Ferne ragten

die futuristischen Bauten von Rosenheim auf. Aber weder die Wolkenkratzer, jeder eine kleine Stadt für sich, noch die beleuchteten Gipfel der Alpen waren in dem Schneetreiben zu sehen.
Die Straßen waren menschenleer. Der letzte Passant hatte sich vor zwanzig Minuten mit hochgeschlagenem Kragen in die Wärme seiner Wohnung geflüchtet. Die Temperatur näherte sich zehn Grad unter Null, der böige Ostwind ließ die Kälte noch beißender erscheinen.
Überwiegend Bodenfahrzeuge parkten am Straßenrand. Die wenigen antigravgestützten Gleiter waren unter dem Schnee kaum von den Vehikeln mit Elektromotor zu unterscheiden.
In einem der Gleiter warteten zwei Schatten.
»Heute tut sich nichts mehr, Sam. Bestimmt nicht. Wir vergeuden hier nur unsere Zeit.«
»Das sagst du immer.«
»Weil ich verdammt noch mal in solchen Nächten lieber zu Hause wäre. Wenn ich daran denke, daß Allison jetzt im Bett liegt und sich fragt, was ich wohl ...«
»Noch einen Kaffee?«
»Das Zeug kommt mir bald zu den Ohren raus.«
»Ist aber noch jede Menge da.«
»Vergiß es. Irgendwann muß ich dann bei der Kälte raus und – nee. Da tut sich was.«
Die beiden bisher hell erleuchteten Fenster in dem Haus, das sie beobachteten, waren dunkel geworden.
»Sie geht schlafen, aber wir schlagen uns die Nacht um die Ohren.«
Auf dem Infrarotschirm im Armaturenbrett war ein heller Reflex zu erkennen, der sich bewegte. Die einzige Person im Haus stieg die Treppe in den ersten Stock hinauf. Sonderlich energiesparend war das Gebäude nicht gebaut, ein

Schlierenmuster von warmen Zonen überzog die Fassade.
Es war inzwischen vierzig Minuten nach Mitternacht. Die Frau tippte eine Kom-Verbindung, sie hatte keine Ahnung, daß eine Überwachungserlaubnis für ihren Anschluß vorlag.
»USA«, stellte Sam fest. »Chicago. Das ist die Nummer dieses Biologen.«
»Der ist doch noch auf dem Rückflug von seinem Gespräch mit Adams. Sie kann ihn gar nicht erreichen.«
»Was meinst du, Fred? Woran arbeiten wir diesmal?«
Der Mann auf dem Copilotensitz zuckte mit den Schultern. »Ich will keine Einzelheiten wissen. Es ist immer noch am besten, die Arbeit unbeeinflußt zu tun.«
Er starrte nach draußen, blinzelte und wischte mit dem Handrücken über die Seitenscheibe.
Da war es wieder. Eine Lücke im Schneetreiben. Als lösten die Flocken sich plötzlich auf.
»Haben wir eine Energieortung? Da ist irgendwas.«
»Keine Anzeige. Du siehst Gespenster.«
Vielleicht hatte nur eine Windbö den Schnee verwirbelt. Fred starrte wieder nach draußen.
Unvermittelt sah er den Fußabdruck. Von einer Sekunde zur anderen entstand das Profil im zentimetertiefen Schnee.
»Verdammter Mist!« stieß Fred hervor. Wer spazierte um Mitternacht im Schutz eines Deflektorschirms durch diese gottverlassene Wohngegend? Ein dumpfer, klatschender Laut war zu vernehmen, mit dem etwas gegen die Frontscheibe prallte. Ein Loch entstand im Glas, nicht größer als einen Zentimeter im Durchmesser und glatt hineingestanzt.
»Raus hier!«
Fred mußte husten, rang qualvoll nach Atem. Was immer er noch hatte tun wollen, er kam nicht mehr dazu. Düstere Nebel wogten plötzlich vor seinen Augen, er hatte das

Gefühl, in einer rasend schnell wirbelnden Zentrifuge gefangen zu sein. Seine Hände zuckten hoch, verkrampften sich um seinen Hals. Er röchelte nur noch. Als er in sich zusammensank, war er schon tot.

Zum fünften oder sechsten Mal schon hatte Frank Sattros Helens Interkomnummer angewählt. Entweder schlief sie tief und fest, oder sie war wirklich nicht zu Hause. Wenn er allerdings bedachte, daß es in Europa gegen ein Uhr nachts sein mußte...

Frank winkte das nächste Gleitertaxi heran und nannte sein Ziel, das im Südwesten, vierzig Meilen vor der Stadt, lag. Ein Robotchauffeur wäre ihm lieber gewesen. Der Kerl vorne redete fast ununterbrochen und quatschte ihn voll. Obwohl der Flug nur zwanzig Minuten dauerte, kannte Frank hinterher alle Neuigkeiten aus der Galaxis. Der Fahrer hatte an allem herumgemeckert. Atlan als künftigen Imperator von Arkon hielt er für unzuverlässig, nie und nimmer würde der Unsterbliche im Sinne der Menschheit Politik betreiben. Und die hunderttausend Schiffe des Robotregenten? Was für ein enormes Wertschöpfungspotential. »Der Gewinn gehört aufgeteilt. Wissen Sie, was so ein Raumschiff kostet, ein einziges nur? Von dem Geld könnten zigtausend Bürger in Ruhestand gehen. Und ich sag's Ihnen, ich bin der erste, der sich freiwillig meldet.«

Frank stieg eine viertel Meile vor dem Ziel aus. Die neugierigen Fragen des Chauffeurs ignorierte er. Und wie er in die Stadt zurückkommen sollte, war ihm momentan herzlich egal.

Der Wind trug ihm Gerüche zu, die unangenehme Erinnerungen weckten. Es roch nach feuchter Erde und nach Stahl, nach Farbe, Rauch und Chemikalien. Er brauchte nur die Augen zu schließen und glaubte sich zum Wrack

der EX-313 zurückversetzt.
Gebirge aus Stahl und Schrott türmten sich auf. Über Dutzende Quadratkilometer hinweg. Ein ununterbrochenes Hämmern hing in der Luft, hin und wieder waren die Flammen atomarer Schneidbrenner zu sehen, mit denen Abwracktrupps dickem Terkonitstahl zu Leibe rückten.
Der Besitzer des Areals erwies sich als Unikum besonderer Art. Sein Alter war ebenso schwer zu schätzen wie die Antwort auf die Frage nach der Seriosität. Lediglich die Antigravplatten mit dem Emblem der Solaren Flotte, die vor dem Verwaltungsschuppen standen, signalisierten so etwas wie Vertrauenswürdigkeit.
Frank blickte ein sonnenverbranntes, stoppelübersätes, narbiges Gesicht entgegen. Mißbilligend hatte der Mann die Augen zusammengekniffen, was seine dicken Tränensäcke um so deutlicher hervortreten ließ. Das Haar hing ihm schlohweiß und in wirren Strähnen in die Stirn. Im Nacken hatte er es immerhin mit einem vergilbten Band zusammengerafft.
Der Overall, ölverschmiert und zerschlissen, ließ die ursprüngliche Farbe kaum noch erkennen. Werkzeuge baumelten von einem breiten Ledergurt herab, aber das einzige, was an moderne Technik erinnerte, war ein Interkom mit handflächengroßem Bildschirm.
Gedankenverloren zog der Mann aus einer seiner ausgebeulten Overalltaschen einen Flachmann hervor und nahm einen hastigen Schluck. Mit dem Handrücken fuhr er sich über den Mund, bevor er die Flasche wieder versenkte.
»Hank Rockefeller.« Er streckte Frank die Rechte entgegen. »Mir gehört der Schrott hier.«
Er lachte glucksend, als er Franks Zögern bemerkte, zog dann seine mit Schmierstoffen verkleisterte Pranke wieder zurück.
»Machst dich ungern schmutzig, was? Und mein Name

überrascht dich, gib's ruhig zu. Ich würd' so was auch nicht glauben, aber so ist das eben. Ich bin gerne hier draußen, lieber als in der Stadt; ist noch ein richtig altes Stück Amerika. Du siehst auch nicht gerade aus, als wolltest du mir 'ne Lebensversicherung verkaufen, Mister – äh – wie war der Name?«
»Sattros. Frank Sattros.«
»Hm.« Ein knappes Nicken drückte Zustimmung aus. »Hat dir wer deinen fliegenden Untersatz geklaut?«
»Ich suche ein Raumschiff.«
Der Alte riß die Augen auf und versenkte die Rechte in der Tasche, in der sein Hochprozentiger verschwunden war. Er überlegte es sich dann aber doch anders und kratzte sich ausgiebig am Kinn.
»Hab' ich mir fast gedacht«, ächzte er. »Sieh dich ruhig um. Hier findest du alles, was das Herz begehrt. Nur fliegen tut's halt nicht mehr.«
Zwei Roboter wrackten eine Gazelle ab. Der Diskus wies schwere Schäden und Schmelzspuren von einem Thermobeschuß auf. Hundert Meter weiter türmte ein Antigravkran riesige Platten aufeinander, und mindestens eine halbe Meile entfernt ragte das Rund eines Kugelraumers auf. Allerdings waren nur noch Träger und Verstrebungen vorhanden.
»An dem Hundert-Meter-Schiff arbeiten wir seit zwei Monaten. Für die Werften wäre das unrentabel, die benötigen ihre Kapazitäten für Neubauten.«
»Ich brauche eine Kaulquappe. Mindestens. Hergerichtet für Frachtflüge.«
»Bis zum Mond, zur Venus oder ...?«
»Interstellar.«
Der Alte stieß einen anerkennenden Pfiff aus. »Du hast dir viel vorgenommen, Mann. Das kostet aber.«
»Wieviel?«

»Kommt auf die Umstände an. Die ausgemusterten Flotteneinheiten müssen abgewrackt werden – so steht's in meinem Vertrag. Alles andere wäre illegal.« Rockefeller verfiel in einen verschwörerischen Tonfall, der in dem hektischen Hämmern um sie herum fast unterging. »Ich lasse mir doch nicht von den Mutanten den Arsch aufreißen.«
Die plötzliche Stille war schmerzhaft. Sekunden vergingen, bis Frank Sattros begriff, daß der Lärm schlagartig aufgehört hatte.
Fehlfunktion bei einem der Antigravkräne. Eine Rumpfplatte der Gazelle, schätzungsweise an die zehn Tonnen schwer, hatte sich in einer Höhe von knapp zwanzig Metern gelöst und neigte sich zeitlupenhaft langsam. Vergeblich versuchte der Kranführer, die Last zu stabilisieren. Mit der Kante streifte die Platte die abgewrackte Gazelle, prallte dröhnend ab und bohrte sich tief in den Boden. Durch den Aufprall wurde einer der beiden Roboter hochgewirbelt. Er überschlug sich und brachte seinen Sturz erst im allerletzten Moment unter Kontrolle.
Rockefeller stand da wie erstarrt, die Augen ungläubig weit aufgerissen.
Er schluckte krampfhaft, dann fingerte er aufgebracht an seinem Interkom herum. »Solche Unfälle dürfen nicht passieren, das kann mich die Lizenz kosten.« Endlich hatte er eine Verbindung. »Igor, verdammt, bist du für die Technik verantwortlich oder nicht? Dann kümmer dich gefälligst darum, oder ich muß annehmen, daß du mir ans Leder willst. – Was geschehen ist? Mach die Augen auf und schau dir den Kran bei der Gazelle an. Natürlich sofort. Avanti, presto, oder wie sagt man bei euch Russen?«
Er wandte sich wieder Sattros zu. »Wo waren wir stehengeblieben? Ach so, eine Kaulquappe. Laß mich überlegen. Es gibt da zwei private Charterfirmen, die ganz gute

Kontakte zu den Ferronen und anderen Völkern haben. Die kaufen draußen Schrottkähne auf, restaurieren sie und geben sie an die Privatwirtschaft weiter. Das geht schneller und ist billiger als der übliche Weg. Bei mir versorgen sie sich hin und wieder mit Ersatzaggregaten. Ich habe ziemlich viel auf Lager: Sprungtriebwerke, Konverter, eben alles, was sich ausbauen läßt, ohne daß es dabei vor die Hunde geht. Länger als eineinhalb Jahre mußt du nicht warten. Und ich krieg' zehn Prozent Provision vom Kaufpreis. Das ist fair. Abgemacht?«

Er hielt Frank die ausgestreckte Rechte unter die Nase.

Sattros dachte nicht daran, einzuschlagen. »Ich kenne noch nicht einmal den Kaufpreis«, wehrte er ab. »Wie steht es außerdem mit Garantien?«

Ungläubig schaute Rockefeller seine Hand an. »Hör' ich recht?« Demonstrativ wischte er die Finger am Overall ab. »Garantien? Wofür? Dann hättest du nicht bei Hank Rockefeller erscheinen dürfen, sondern direkt in der Werft. Aber dort wartest du erst mal, bis du schwarz wirst, so einfach ist das. Ich nehme an, du wolltest deine Frachtlinie noch in diesem Leben aufziehen. Fünf Millionen Solar für eine gebrauchte Kaulquappe. Plus zehn Prozent. Das ist geschenkt.«

Irgend etwas stimmte mit dem Roboter nicht. Er krachte frontal gegen die im Boden steckende Stahlplatte, schaltete seinen Antigrav falsch und schwebte in Rückenlage weiter – ein Anblick, der Rockefeller die Augen aus den Höhlen quellen ließ.

»Ich muß mich um den ganzen Mist hier kümmern«, fauchte er und brachte aus einer der unergründlichen Taschen seines Overalls eine zerknitterte Visitenkarte zum Vorschein. Hologrammdruck und äußerst aufwendig gestaltet. »Wenn alles klar ist, ruf mich an, dann erledigen wir den

Rest. Aber warte nicht zu lange, alles wird teurer.«
Er ließ Frank einfach stehen und hastete hinüber zu dem Arbeitsrobot, der mittlerweile regungslos im Dreck saß. Heftig gestikulierend redete er auf die Maschine ein.
Frank Sattros forderte ein Gleitertaxi an, das ihn zurück in die City bringen sollte. Er verstand selbst nicht, warum, aber er bestand ausdrücklich darauf, daß kein Roboter den Gleiter steuerte. Lieber ließ er sich wieder vollquatschen.

Frank schlief unruhig und wachte mehrmals schweißgebadet auf. Er träumte von schrottreifen Raumschiffen und tonnenweise Vurga-Beeren, die sich auf dem Markt nicht absetzen ließen, weil terranische Kiwis zu einem Bruchteil des Preises angeboten wurden und er schlichtweg nicht konkurrenzfähig war. Irgendwann, als er nicht mehr ein noch aus wußte, schreckte der Melder des Interkoms ihn hoch.
»Helen, vor Stunden habe ich versucht, dich …«
Der Bildschirm blieb dunkel, und die Atemzüge, die er hörte, klangen dumpf verzerrt. Frank aktivierte die Anrufkontrolle. Keine Anzeige. Wer immer ihn aus seinem Alptraum gerissen hatte, wollte anonym bleiben.
»Ich habe keine Lust zum Rätselraten. Also zeigen Sie sich, oder ich trenne die Verbindung.«
»Wir haben hier jemanden, der Ihnen nicht gleichgültig sein dürfte«, erklang es schwer verständlich.
*Warum schalte ich nicht einfach ab? s*choß es durch seinen Kopf. Da war eine Ahnung bevorstehenden Unheils, die in ihm aufstieg, ohne daß er sich dagegen wehren konnte. *Wir* hatte der Anrufer gesagt, nicht *ich*.
»Hören Sie …«
»Nein, hören Sie zu. Es gibt Dinge, die lassen sich nicht über Interkom regeln. Sie ist hübsch, Ihre Freundin.«

Sie haben Helen! durchfuhr es Frank siedendheiß. Als hätte er es geahnt. *Aber warum? Und wer sind sie?*
»Wir werden uns treffen«, fuhr der Unbekannte fort. »Kennen Sie das Galaktische Museum in der Thora Road?«
Frank nickte knapp. Er war einmal dort gewesen, hatte einen Tag lang Exponate von Ferrol und Topsid studiert, aber dabei nur einen kleinen Ausschnitt des Gesamtprogramms gesehen.
»Nehmen Sie die U-Bahn, kein Gleitertaxi. Gehen Sie zum rückwärtigen Eingang gegenüber dem Stardust-Platz. Die Treppe führt bis in die dritte Etage. Danach folgen Sie der Markierung mit den Worten Aktuelle Technik.«
»Wozu das alles? Ein Treffen könnten wir einfacher arrangieren.«
»Falls Sie Ihre Freundin lebend wiedersehen wollen, lassen Sie die Behörden aus dem Spiel. Ich erwarte Sie um sieben Uhr.« Die Verbindung brach abrupt ab.
Ein Scherz war es mit Sicherheit nicht, dafür hatte die Stimme zu ernst geklungen. Mit fliegenden Fingern wählte Frank Sattros erneut Helens Anschluß. Wieder vergeblich.
Um sieben Uhr, hatte der Unbekannte gesagt. Jetzt war es kurz nach fünf. Das konnte er gut schaffen. Frank holte sich die Verbindungen der öffentlichen Verkehrsmittel auf den Monitor und sortierte aus. Zwei Linienführungen waren bequem zu erreichen; eine halbe Meile vor der Thora Road endeten sie im selben Bahnhof. Von dort aus ging er besser zu Fuß weiter.
Noch einmal wählte er Helens Nummer. Diesmal hing ein Knacken in der Leitung. Gleich darauf meldete sich eine männliche, amtlich klingende Stimme. Frank legte sofort auf.
Vorübergehend spielte er mit dem Gedanken, Hilfe zu holen. Aber an wen sollte er sich wenden? An Homer G.

Adams oder an Amanda Singh als Leiterin des medizinischen Untersuchungsteams? Er war überzeugt davon, daß alles mit der EX-313 und Vurga zusammenhing. Es gab keine andere Verbindung zwischen Helen Mertens und ihm. Die Zeit wurde langsam knapp. Frank verließ seine Wohnung und nahm den Expreß-Antigrav. Ein halbes Dutzend Liftschächte durchzogen das Gebäude. Sein Magen rebellierte, als das abwärts gepolte Zugfeld ihn erfaßte. Kurz darauf wurde er sanft auf dem Niveau des unteren Straßenzuges abgesetzt.
Er sprang auf das im Wohnbereich verlaufende Transportband. So früh am Morgen waren noch nicht viele Passanten unterwegs; Frank blickte in müde, desinteressierte Gesichter.
Es regnete leicht. Die Nässe zeichnete sich auf dem gläsernen Röhrensystem ab.
Franks Gedanken kreisten um Helen, deshalb verpaßte er die erste Unterführung. Das alles war immer noch wie ein böser Traum. Er wünschte sich, endlich aufzuwachen und Helen in den Armen zu halten. Vor der zweiten Unterführung wechselte er rechtzeitig auf die Sinkspur, und dann nahm ihn die geschwungene Bahnhofskuppel auf. Riesige Monitoren zeigten die aktuellen Nachrichten der Terrania Network News. Das Hauptthema war immer noch wie vor Tagen die Jagd nach den Schiffen der arkonidischen Robotflotte. Zwischenfälle, vor allem mit Springer-Patriarchen, die sich selbst als die legalen Erben Arkons bezeichneten, häuften sich. Frank konnte es schon nicht mehr sehen.
Vielleicht beobachtet mich der Unbekannte, dachte er. *Ganz sicher sogar. Er wird nicht so naiv sein, darauf zu vertrauen, daß ich die Polizei aus dem Spiel lasse.*
Wer von denen, die gespannt die Nachrichten verfolgten oder gelangweilt auf ihre Schuhe starrten, mochte der

Richtige sein? Oder wenigstens ein Mittelsmann? In dem Wohnblock lebten einige tausend Menschen, Frank kannte nur fünf oder sechs aus seiner unmittelbaren Nachbarschaft. Alle anderen waren Schall und Rauch, anonyme Figuren in einer äußerst schnellebigen Zeit, in der heute schon nicht mehr galt, was gestern noch richtig gewesen war.

Der Untersetzte zwanzig Meter entfernt? Eben noch hatte er in Franks Richtung geschaut, nun widmete er sich wieder den Nachrichten. Korrekt gekleidet, Angestellter in mittlerer Position vermutlich. Frank glaubte, ihn schon beim Betreten des Transportbands gesehen zu haben.

Die U-Bahn schwebte ein. Modernste Antigravtechnik. Frank wählte einen Massagesessel und aktivierte das Programm. Es tat gut, von den gerichteten Schwerkraftfeldern durchgeknetet zu werden, zumal er mindestens fünfzig Minuten bis zur Thora Road unterwegs sein würde.

Der Untersetzte war ebenfalls eingestiegen, befand sich aber in einem anderen Wagen. Frank konnte den Mann jedenfalls nirgendwo entdecken. Wahrscheinlich sah er Gespenster.

Allmählich wurde er ruhiger und begann klarer zu denken als am Anfang. Frank verzichtete darauf, die Videobrille, die neben jedem Platz hing, aufzusetzen. Er schloß lieber die Augen und dachte nach. *Jemand hat Helen entführt. Wahrscheinlich um Lösegeld zu erpressen. Helen ist aber nicht reich – zumindest habe ich bis heute nicht danach gefragt. Der Grund muß woanders zu suchen sein.*

Sosehr er seine Gedanken drehte und wendete, er kam immer wieder auf den einen Punkt zurück: Vurga!

Die keimtötende Wirkung der Vurga-Beeren interessierte in dem Zusammenhang kaum, eher die noch ungeklärte Auswirkung auf menschliche Telomere. Für die Medizin war der Zusammenhang von Telomeren und Lebensspanne

erwiesen. Im günstigsten Fall bedeutete das eine lebensverlängernde Zelldusche.
Frank hatte das Gefühl, laut geredet zu haben. Doch da niemand ihn beachtete, atmete er tief durch. Es war ein Menschheitstraum, alt zu werden wie Methusalem. Oder gar unsterblich wie Perry Rhodan und Bully oder Atlan. Mit allen Konsequenzen für die Zivilisation. Die Frage blieb, ob das wirklich erstrebenswert war. Falls er selbst den Keim dazu schon in sich trug, wollte er möglichst wenig davon wissen. Ein paar Jahre mehr, ja. Vielleicht auch Jahrzehnte. Aber darüber hinaus.
Was wußten Helens Entführer? Mehr auf jeden Fall als nur durchgesickerte Gerüchte. Wäre es ihnen um die Koordinaten von Vurga gegangen, hätten sie sich diese aus den Speichern der INDEPENDENCE DAY beschaffen können. Auch wenn das schwieriger war als eine Entführung.
Sie wollen uns! durchzuckte es Sattros. *Weil sie von der Wechselwirkung auf die Beeren wissen.*
Der Wagen füllte sich, an jedem Halt stiegen mehr Personen zu. Frank hatte inzwischen das Gefühl, daß ihn ein Dutzend Leute anstarrten, deshalb war er froh, als er die U-Bahn endlich verlassen konnte.
Der Morgen war kühl und klamm. Regenschleier wuschen den Dreck aus der Luft. Linker Hand erstreckte sich der Venuspark, ein mehrere Hektar großes Naherholungsgelände. Die Zentralkuppel hatte dem Gelände den Namen gegeben, hier tobten lebensecht anmutende Saurierattrappen – ein Publikumsmagnet, vor allem für Kinder.
Das Museum grenzte an den Park an. Daneben die breiten, kühn geschwungenen Fußgängerüberführungen, ein gordischer Knoten, dessen Fäden zu den Abteilungen des Museumsgeländes führten.
Vor neun Uhr morgens herrschte hier nie Betrieb. Nach

einer Weile war Frank Sattros allein. Nur weit hinter ihm folgten zwei Männer auf seitlichen Bändern.
Frank kniff die Brauen zusammen. Kein Zweifel, einer von beiden war der untersetzte Angestellten-Typ. Das konnte kein Zufall sein. Frank begann zu laufen. Er hatte die oberste Etage erreicht, und der Regen peitschte ihm ins Gesicht. Fünfzig Meter über dem Stardust-Platz bot sich ein imposanter Blick auf das verschlungene Netz von Hochstraßen, Brücken und Transportröhren. Frank wechselte die Etage. Als er sich nach den Verfolgern umschaute, sah er, daß sie weiter zurückgefallen waren.
Der Untersetzte riß plötzlich die Arme hoch, als sei er mitten auf dem Transportband gegen ein unsichtbares Hindernis gestoßen. Er taumelte, prallte dann gegen die seitliche Röhrenwand und brach hindurch, als bestünde sie aus normalem Fensterglas und nicht aus fast unzerstörbarem Kunststoff.
Der Wind verwehte seinen gellenden Aufschrei. Frank sah, wie der Mann wild mit den Armen ruderte und dann inmitten eines Splitterregens in die Tiefe stürzte. Er schlug auf einer Querverbindung auf, hinterließ dort eine deutliche Blutspur und verschwand aus Franks Blickfeld.
Der zweite Verfolger winkelte einen Arm an – er sprach offenbar hastig in ein Funkgerät. Gleichzeitig verlor er den Boden unter den Füßen und flog meterweit durch die Luft. Noch bevor er sich abfangen konnte, schlugen an der Stelle, an der er eben noch gestanden hatte, zwei Projektile ein. Ein Teilabschnitt der Transportröhre explodierte.
Das war der Moment, in dem Frank Sattros instinktiv zu rennen begann. Zwanzig Meter Höhenunterschied noch bis zum Museum. Vor ihm noch eine Zwischenetage. Ein irrlichterndes Flirren huschte über die transparente Abgrenzung, bevor Frank sie erreichte. Die Scheibe löste sich auf;

da war nichts mehr, nur ein heftiger Sog, der ihn nach vorne riß.
Aus dem Nichts heraus verdichteten sich die Umrisse eines offenen Gleiters. Die schwere Maschine hing höchstens zwei Meter neben dem Abgrund.
»Springen Sie!« schrie jemand. »Miss Mertens wartet!«
Das gab den Ausschlag. Frank Sattros stieß sich ab, er prallte gegen einen der Sitze im Gleiter und wurde von kräftigen Fäusten zu Boden gerissen. Altertümliche Handschellen schnappten um seine Handgelenke ein.
»Keine Bullen, sagten wir.«
»Aber ...«, protestierte Frank.
Ein harter Schlag riß Franks Kopf zur Seite. Blut quoll aus seiner aufgeplatzten Lippe.
»Nur damit wir uns richtig verstehen.«
Der Gleiter beschleunigte mit Irrsinnswerten. Hinter ihm schoß eine Feuerlohe in den Morgenhimmel. Frank sah Teile der Hochstraße in einem Glutball vergehen.
»Das verschafft uns den Vorsprung, den wir brauchen.«
Im Sturzflug ging es hinab in die Straßenschluchten, um Haaresbreite vorbei an zwei anderen Maschinen und in halsbrecherischem Tempo zwischen Fußgängertunnels hindurch.
Voraus sah Frank die Markthallen, ein riesiges Areal am Stadtrand. Von hier aus wurde ein Teil des Kontinents mit Lebensmitteln versorgt. Sogar ein eigener kleiner Raumhafen gehörte dazu. In der Luft hingen schwere Lastengleiter wie ein gieriger Mückenschwarm, die Piloten warteten darauf, endlich Fracht übernehmen zu können. Eine Gazelle startete soeben und verschwand langsam zwischen den Wolken.
Frank hatte es mit zwei Gegnern zu tun, mit dem Piloten, von dem er nur die schmalen Schultern sehen konnte und

VURGA

AD ASTRA

Illustration von **Swen Papenbrock** aus DAS VURGUZZ-IMPERIUM von Hubert Haensel
 (Perry Rhodan Band 412)

BSV **Burgschmiet Verlag**, Nürnberg 1998 HTTP://WWW.BURGSCHMIET.COM

den länglichen, strähnig behaarten Schädel, und mit dem Mann, der ihm die Handschellen angelegt hatte. Der Pilot mochte terranisches Blut in den Adern haben, daß ein Elternteil zum Volk der Aras gehörte, der Galaktischen Mediziner, konnte er jedoch nicht verleugnen.

Die harte Landung wirbelte Gemüsekisten durch die Luft, Händler warfen sich schreiend zur Seite. Kräftige Fäuste zerrten Frank Sattros in eine der Transmitterhallen, über die schnell verderbliche Waren verteilt wurden. Niemand schien ihn und die beiden Kerle wahrzunehmen, da sie Lichtstrahlen ablenkende Deflektorfelder benutzten. Um sie so orten zu können, bedurfte es einer speziellen Ausrüstung, die in den Markthallen bestimmt nicht zur Verfügung stand.

Von draußen drang gedämpftes Sirenengeheul herein. Vor Frank tauchte ein torbogenförmiger Transmitter auf. Bis eben noch waren Stapel von Transportbehältern zwischen den energetischen Polen materialisiert, inzwischen leuchteten die Empfangskontrollen in mattem Rot.

»Das dauert zu lange.«

Endlich wechselten die Kontrollen auf Grün. Die Sendekapazität war hergestellt, die Frequenz eines Empfangstransmitters justiert.

Ein schmerzhafter Schlag zwischen die Schulterblätter trieb Frank die Luft aus den Lungen und ließ ihn taumeln, geradewegs hinein ins Entstofflichungsfeld. Er spürte nichts davon, daß sein Körper auf mehrdimensionaler Ebene abgetastet, als Hyperimpuls in Atome aufgelöst transportiert und im Empfänger zurückverwandelt wurde.

Grelles Licht blendete ihn. Er sah Schatten, hörte Stimmen, nur erkennen konnte er so gut wie nichts.

Transmitterdurchgänge konnten geortet und ermittelt werden, ebenso Ausgangs- und Endpunkt. Das war nicht anders als die Verfolgung eines transitierenden Raumschiffs.

Trotzdem gab Frank sich keinen Hoffnungen hin. Das energetische Chaos im Bereich der Lagerhallen mit einer Vielzahl von Transmittern überlagerte einen einzelnen Impuls.
»Wo sind wir hier?« fragte er.
Es war kalt, der eigene Atem hing wie Nebel in der Luft. Er registrierte dunkelgrünes Eis ringsum, zusammengepreßt von der Last von Jahrtausenden. Schenkeldicke Kabelstränge verliefen unter der Decke, trotzdem machte das alles nicht den Eindruck eines Provisoriums.
»Haben wir die Erde ...«
»...verlassen? Noch nicht. Wir sind nur ins Eis der Antarktis eingegraben.«

Kapitel 8

Entscheidung

Drei Höhlen im ewigen Eis. Unter den Augen der Solaren Abwehr existierte auf Terra der Stützpunkt einer fremden Macht. Oder hatten Menschen diesen kalten Unterschlupf geschaffen, dessen einzige Verbindung zur Außenwelt der Transmitter darstellte?

Außer den beiden Männern, die Frank Sattros verschleppt hatten, war noch ein dritter da – ein Ara. Er musterte Frank mit der Akribie eines Käfersammlers, der ein besonders seltenes Exemplar vor sich hatte.

»Wo ist Helen?« fragte Frank besorgt.

Keine Antwort.

»Falls ihr Helen etwas angetan habt ...«

»Die Frau schläft«, sagte der Ara. »Weil sie sich verstockt zeigte, mußte ich der Wahrheit etwas nachhelfen.«

In der größten Höhle stand der Transmitter mit den Energiespeichern. Die Abschirmung der Anlage wurde zweifellos nur für die Dauer des jeweiligen Transmitterdurchgangs aufgehoben. Daneben gab es eine Art provisorisches Labor. Eine Vielzahl von Meßgeräten beanspruchte den meisten Raum.

Helen lag auf einer flachen Pritsche, ihr Körper war mit Sensoren gespickt. Sie war nicht bei Bewußtsein, doch sie

stöhnte, und unter ihren geschlossenen Lidern rollten die Augäpfel wild hin und her.
»Sie träumt schlecht«, sagte der Ara. »Die Droge, die ich ihr verabreichen mußte, kann Menschen zu psychischen Wracks machen. Aber sie hat es einigermaßen gut überstanden.«
Trotz immer noch auf den Rücken gefesselter Hände warf Frank sich nach vorne. »Mistkerl!« brüllte er, als er dem Ara den Schädel in die Magengrube rammen wollte. Beinahe hätte er es auch geschafft, doch der bullige Typ riß ihn herum und schmetterte ihn gegen die Wand. Ein Fausthieb trieb ihm die Luft aus den Lungen, er sank vornüber, und der Ellenbogen des Bulligen schickte ihn endgültig zu Boden.
Grelle Reflexe tanzten vor seinen Augen. Er spürte, daß er hochgehoben und auf eine zweite Liege geworfen wurde.
»Ich verabscheue Gewalt«, betonte der Ara. Frank vernahm seine Stimme wie aus weiter Ferne. »Manchmal ist sie jedoch das einzige Mittel.«
»Wir sind nur Raumfahrer und keine Verbrecher.« Frank warf den Kopf zur Seite, als der Ara über seine Halsschlagader tastete.
Dann spürte er einen kurzen, stechenden Schmerz, verbunden mit dem Zischen einer Hochdruckinjektion. Übelkeit drohte ihn zu überwältigen, mit geschlossenen Augen kämpfte er dagegen an.
Die Stimmen rückten noch weiter fort. Jemand zog seine Augenlider hoch.
»Die Droge beginnt zu wirken.«
Träge tropften die Sekunden dahin, wurden zum Rinnsal, zum Fluß, der weit mäandernd dem Meer entgegenstrebte. Zeit – ein abstrakter Begriff. Wie lange lag er schon hier? Stunden, Tage gar? Unbedeutend. Das alles zählte nicht

mehr. Schwerelos schwebte er in der Ewigkeit.
Was geschieht mit mir? Nichts sagen ... ich – ich muß schweigen!
Er redete, plapperte drauflos wie ein kleines Kind. Im nächsten Moment klang seine Stimme stockend, ein Wechselbad der Gefühle. Vergeblich kämpfte er dagegen an. Er war zu schwach.

Als ich die Augen öffnete, war diese schreckliche Leere in mir; alles, was ich krampfhaft zu verdrängen versucht hatte, schlug wieder über mir zusammen. Grell schimmerte das Eis, spiegelte die verzerrten Konturen technischer Einrichtung.
Alles hatte ich ausgeplaudert: Vurga, die genetischen Untersuchungen, die Infektion mit den Viren und die Telomere ... Allerdings hatte ich damit nur bestätigt, was den Entführern ohnehin schon bekannt gewesen war.
Lange Zeit lauschte ich in mich hinein, weil in meinem Inneren die fremde Stimme nachklang. Smith, so nannte sich der Halb-Ara, hatte seine Quelle gehabt, eine undichte Stelle in den Labors von Mimas, ein Mediziner offenbar, der für Geld alles tat. Von Vurga hatte man ihm berichtet und davon, daß die Vurga-Beeren lebensverlängernde Wirkung hätten. Der einzige Weg, schnell die Koordinaten des Planeten zu bekommen, um Besitzansprüche anzumelden, hatte zur INDEPENDENCE DAY geführt. Dabei schien es jedoch Probleme gegeben zu haben. Der Ara hatte zwar davon gesprochen, daß der Funker des Leichten Kreuzers unmittelbar vor dem Ende seines Landurlaubs in Terrania noch beeinflußt worden war, aber mehr hatte er nicht gesagt. Unter dem Einfluß der Droge hatte ich dann die Koordinaten ausgeplaudert.
Smith wußte, daß die Beeren sich nach dem Pflücken rasch

zersetzten. Er behauptete sogar, daß die in ihnen enthaltenen Enzyme vom ersten Augenblick an in ihrer Wirkung nachließen und wertlos wurden. Deshalb brauchte er Helen und mich. Aber durfte ich sicher sein, daß uns nichts geschehen würde?
Er konnte Helen töten – oder mich. Also hatte er uns in der Hand.
Aus Frank Sattros' privaten Aufzeichnungen

Zwei Tage hatte er in einem tranceähnlichen Dämmerzustand verbracht, unfähig, mehr zu tun, als sich mit stockender Stimme zu artikulieren.
»Wann verlassen wir die Erde?« war seine erste Frage, als man ihn endlich von den Fesseln befreite.
»Bald«, lautete die lapidare Antwort.
Frank fühlte sich steif und ungelenkig, seine Muskeln schmerzten. Doch sein Kreislauf kam schnell wieder in Schwung.
»Es gibt keinen Fluchtweg«, murmelte Helen hinter ihm. »Der einzige Weg nach draußen führt durch den Transmitter.«
»Was geschieht mit uns, sobald Sie Ihr Ziel erreicht haben?« wandte Frank sich an Smith. Er schien der Wortführer der drei zu sein.
»Das hängt von Ihnen und Ihrem Willen zur Zusammenarbeit ab«, antwortete der Halb-Ara. »Sie können ein langes Leben haben.«
»Vorausgesetzt, wir pflücken für Sie die Vurga-Beeren«, vermutete Frank Sattros.
»So stelle ich es mir vor.«
Frank schwieg, Helen ebenfalls. Das Schicksal spielte mit ihnen, dessen wurden sie sich immer deutlicher bewußt. Es half auch nicht, über Wenn und Aber nachzugrübeln, sie

mußten versuchen, das Beste aus ihrer Situation zu machen. Frank dachte an den Mann, der hinter ihm auf dem Laufband gestorben war. »Unser Verschwinden wird auffallen«, sagte er.
Smith lachte spöttisch. »Natürlich wurden Sie von Aufpassern der SolAb beschattet, aber die Männer waren Stümper, und sogar Mercant selbst wird Sie nicht am Südpol vermuten. Sie sollten auch nicht darauf vertrauen, daß unser Verbindungsmann in der Seuchenstation entdeckt wird und plaudert. Er ist vor zwei Tagen an den Folgen eines sehr bedauerlichen Unfalls gestorben.«
»Holt uns ein Raumschiff ab?« fragte Frank. Eine andere Frage hatte ihm auf der Zunge gelegen, doch er wollte lieber nicht wissen, wann Helen und ihm womöglich das gleiche passieren würde.
»Bald«, sagte sein Gegenüber völlig unbeteiligt.
Aus diesem Bald wurden letztlich weitere vierundzwanzig Stunden.

Frank Sattros hatte lange gegen seine Müdigkeit angekämpft, dann waren ihm die Lider einfach zugefallen. Er wurde wach gerüttelt. Die Männer zerrten Helen und ihn zum Transmitter. Ein kurzer, ziehender Schmerz, verbunden mit dem unbestimmbaren Gefühl, einige Meter im freien Fall überwunden zu haben, mehr registrierte Frank auch diesmal nicht.
Die neue Umgebung war die einer Raumschiffszentrale. Es herrschte angespannte Hektik. Auf den Bildschirmgalerien wechselten optische Aufnahmen mit Ortungsbildern ab. Kein Zweifel, das Schiff hatte eben erst den Mond passiert und nahm Kurs auf das äußere Sonnensystem. Es schien sich um einen Frachter zu handeln, aber keinen der modernen. Alles wirkte alt und heruntergewirtschaftet.

»Die Ausfuhrkontrollen wurden routinemäßig abgewickelt«, meldete der Pilot. »Wir beschleunigen mit Höchstwerten und gehen in fünfzehn Minuten in den Hyperraum.«
»Irgendwelche außergewöhnlichen Ortungen?« fragte Smith.
»Nein, keine.«
Zweifellos war auch dieser Transmitterdurchgang nicht angemessen worden. Auf einem Monitor hatte Sattros die Wiedergabe der Erde mit der schützenden Van-Allen-Zone gesehen, ebenso die an den Polen trichterförmig wachsende Magnetopause. Der Frachter hatte zum Zeitpunkt des Sprunges über der verlängerten Nord-Süd-Achse gestanden. Wahrscheinlich hatte ein starker Sonnenwind dazu beigetragen, die 5-D-Streustrahlung des Transmitters zumindest zu verfälschen.
»Nehmen Sie uns wenigstens die Handschellen ab«, verlangte Frank. »Fliehen können wir ohnehin nicht.«
Höchstens noch fünf Minuten. Er biß die Zähne aufeinander. Anspannung machte sich breit. Die Männer hinter den Kontrollen reagierten hektisch, Smiths Haltung – er stand noch neben dem Piloten – wurde steif.
Im Funkempfang erklang eine leise Stimme: »... liegen Informationen vor, wonach Ihre Fracht gegen gültige Ausfuhrbestimmungen verstößt.«
Smith lachte gekünstelt. »Die STARFREIGHT hat Bodenbearbeitungsmaschinen und Saatgut für Siedlungsplaneten an Bord. Nichts davon kollidiert mit geltendem Recht.«
»Wir überzeugen uns gerne mit eigenen Augen.«
Dreitausend Kilometer querab fielen zwei Zweihundert-Meter-Kreuzer aus dem Linearraum. Smith stieß eine deftige Verwünschung aus.
»Wir gehen in Transition!« befahl er. »Sprung in zehn Sekunden!«

Über Funk kam unmißverständlich die Aufforderung zum Stoppen. »Fahren Sie die Sprunggeneratoren zurück, oder wir eröffnen das Feuer!«

Noch drei Sekunden ... zwei ...

Schalthebel glitten klickend in die Nullstellung zurück, obwohl niemand sie berührt hatte.

Keine Transition.

Smith warf sich nach vorne, wischte den Piloten zur Seite und stieß den Hebel wieder bis zum Anschlag. Der unterbrochene Countdown für den Eintritt in den Hyperraum begann von neuem.

Abermals desaktivierte sich die Schaltung wie von Geisterhand zwei Sekunden vor der Transition von selbst.

Der Warnschuß eines der Kreuzer lag nur wenige Kilometer vor dem Bug des Frachters.

»Schirmfeld aktivieren! Torpedos feuerbereit!« befahl Smith.

Frank Sattros schaffte es trotz der Handschellen, die Sitzgurte zu lösen. Langsam ließ er sich nach vorne gleiten, stemmte die Füße gegen den Sessel und stieß sich ab. Er war kein Kämpfer und kannte solche Situationen höchstens aus einschlägigen Filmen. Schon deshalb konnte es nicht gutgehen.

Irgendwer stieß einen Warnruf aus. Smith wirbelte herum, seine Faust traf genau Franks Kinn und warf ihn zu Boden.

In derselben fließenden Bewegung zog der Halb-Ara seinen Blaster, entsicherte die Waffe und zielte auf Sattros.

»Ich habe Geiseln an Bord und werde nicht zögern, sie zu töten«, rief er ins Mikrophon des Hyperkoms. »Also ziehen Sie sich zurück, oder ich schieße.«

Er riß die Augen auf, denn der Blaster in seiner Hand entwickelte ein unbegreifliches Eigenleben. Schon zielte die Mündung nicht mehr auf Sattros, sondern richtete sich gegen die Decke – Sekundenbruchteile später starrte Smith

selbst in die flirrende Abstrahlmündung.
Der Schweiß brach ihm aus allen Poren. Seine Finger schienen unlösbar mit der Waffe verschmolzen zu sein. Wenn er jetzt abdrückte, dann ...
»Tut was, verdammt!« brüllte er.
Keiner verließ seinen Platz. Nur Frank Sattros hatte sich inzwischen aus der ursprünglichen Schußlinie gewälzt. Leise klickend lösten sich seine Handschellen und schwebten auf Smith zu.
»Mutanten«, keuchte der Halb-Ara. »Die SolAb hat uns Mutanten auf den Hals gehetzt.«
»Das ist nicht ganz die Wahrheit«, tönte eine belustigt klingende Stimme. »Ein einziger genügt, um euch Stümper bei der Stange zu halten.«
Aus dem Sichtschutz eines Aggregateblocks löste sich eine nur einen Meter große Gestalt. Sie trug einen Raumanzug mit im Nacken zusammengefaltetem Helm und erinnerte auf den ersten Blick an eine aufrecht gehende Maus mit runden Ohren. Ein einziger großer Nagezahn blitzte spitzbübisch.
»Gucky – Verzeihung, Leutnant Guck!« brachte Frank ungläubig hervor.
Der Kleine war ein Ilt, seines Aussehens und des abgeplatteten Schwanzes wegen auch Mausbiber genannt. Bereits 1975 hatte er sich auf seinem Heimatplaneten Tramp heimlich an Bord der STARDUST II geschlichen und war schnell zu einem Freund der Menschheit geworden. Gucky war von Natur aus ein ausgezeichneter Telepath, Telekinet und Teleporter. Er gehörte längst dem Mutantenkorps an.
»Du darfst Gucky zu mir sagen, Frank«, verkündete er großmütig und wandte sich an Smith: »Wie ist das nun, willst du immer noch sinnlos in der Gegend herumballern? Ts, ts, ts ...«, fügte er hinzu und schüttelte den Kopf, »solche Schimpfwörter solltest du nicht einmal denken. Und das«,

er drehte sich halb um, »tut man auch nicht.«
Im Hintergrund der Zentrale erklang ein wütender Aufschrei. Der bullige Typ hatte ihn ausgestoßen. Seine Waffe polterte zu Boden, während er selbst, hilflos mit den Armen rudernd, zur Decke emporschwebte und dort klebenblieb.
»Das war's dann wohl«, verkündete Gucky.
»Giftzwerg«, erklang es aus der Höhe mit dem Ergebnis, daß Gucky losließ. Der Bullige landete ziemlich unsanft auf allen vieren, warf sich aber sofort herum und griff nach dem verlorenen Blaster. Die Waffe machte sich allerdings selbständig und krachte dumpf gegen seine Schläfe. Lautlos kippte der Mann zur Seite.
»Wünscht noch jemand eine Abkühlung?« rief der Mausbiber. »Gut, nachdem das geklärt ist: Schirmfeld abschalten und stoppen. Aber flott, wenn ich bitten darf, ich habe lange genug zugeschaut.«

Raumsoldaten beider Kreuzer hatten den Frachter übernommen.
»Ihr bringt den Kahn mit Besatzung heil nach Terrania«, bestimmte Gucky. »Ich kann mich doch auf euch verlassen?«
Er ergriff Frank und Helen an der Hand und teleportierte mit ihnen. Helens überraschter Ausruf galt der neuen Umgebung. Gleichzeitig spürte sie ein unbehagliches Gefühl wegen der Teleportation.
»Nicht doch«, sagte Gucky tadelnd und gab damit zu verstehen, daß er ihre Gedanken gelesen hatte. »War es wirklich so schlimm?«
Sie waren in einer Luxuskabine, eingerichtet mit schweren, gepolsterten Möbeln, materialisiert. Flauschige Teppiche dämpften den Schritt, an den Wänden hingen 3-D-Aufnahmen aller Planeten des Sonnensystems.

»Ist nicht meine Unterkunft«, betonte der Mausbiber. »Ich habe den Kapitän der ZEUS gebeten, den Konferenzraum zur Verfügung zu stellen, weil ich mit euch reden will, bevor Mister Adams euch wieder in die Finger bekommt.«
Fragend zog Frank Sattros die Augenbrauen hoch.
»Ich weiß alles«, verkündete Gucky. »Das ist doch wohl klar.«
»Sie ...«, begann Helen, wurde aber sofort unterbrochen.
»Du«, sagte der Ilt.
»Wie ...?«
»Ich meine, sag ruhig *du* zu mir.«
Helen kaute auf ihrer Unterlippe. »Bist du schon lange in unserer Nähe?«
»Einige Minuten«, gestand der Ilt. »Ich mußte an Bord kommen, bevor das Schirmfeld mich daran hindern konnte.«
Die Bar in einem halbtransparenten Regal war ansehnlich bestückt. »Trinken wir einen Schluck auf den Schreck hin?« fragte Gucky.
Frank wehrte kopfschüttelnd ab. Lediglich Helen zögerte.
»Cognac also, hm.« Der Mausbiber kratzte sich nachdenklich am Hals. »Mal sehen, was wir da haben.«
Die Flaschen klirrten leise gegeneinander, zwei lösten sich von den anderen und schwebten zu ihnen herüber. Auch die Gläser gehorchten Guckys telekinetischen Kräften.
»Einschenken darfst du deiner Eva«, wandte er sich an Frank und grinste breit.
Frank fragte sich, woher er seine Kenntnisse bezog. Ob er in ihren Gedanken spionierte?
»Nur was ich unbedingt wissen mußte«, gab Gucky zu. »Alles andere ist schon vergessen.«
Gucky konzentrierte sich auf die dickbauchige Flasche, die vor ihm auf dem Tisch gelandet war, ließ sie langsam in die Höhe steigen und kippte sie so vorsichtig, als beinhalte sie

einen jahrhundertealten köstlichen Tropfen. Die rötlichbraune Flüssigkeit war dick wie Sirup.
»Möhrensaft«, schwärmte er. »Der Kapitän ist wirklich ein Mann mit Weitsicht.« Er lehnte sich in seinem Sessel zurück, breitete die Arme lässig aus, schlug die Beine übereinander und musterte die beiden eindringlich.
»Wie soll es nun weitergehen?«
»Wie soll was weitergehen?« antwortete Frank Sattros mit einer Gegenfrage.
»Vurga.«
Frank zuckte mit den Schultern. »Ich habe das Gefühl, daß mir das alles eine Nummer zu groß ist. Davon abgesehen werden wir wohl nie eine amtliche Genehmigung erhalten.«
»Das laß ruhig meine Sorge sein.«
»Deine?« platzte Helen verblüfft heraus.
»Na ja«, meinte Gucky leicht verlegen, »jeder Existenzgründer braucht einen, der ihm auf die Beine hilft. Und so schlecht scheint eure Idee gar nicht gewesen zu sein. Gentechniker und Mediziner interessieren sich für die Vurga-Beeren, von dem Halb-Ara Smith und einigen anderen ganz zu schweigen. Aber das wird inzwischen nicht mehr so heiß gegessen, wie es gekocht wurde.«
»Gibt es neue Erkenntnisse?« vermutete Frank.
»So ist es. Smith dürfte sich umsonst ins Zeug gelegt haben – er hätte die Unsterblichkeit nämlich nicht gekriegt. Es sei denn, er hätte sich vorher mit den tödlichen Viren infiziert.«
»Also doch!«
»Klar«, nickte Gucky und nippte an dem Möhrensaft. »Aber wer würde das schon riskieren? Davon abgesehen beinhalten die Vurga-Beeren Enzyme, Mineralien und Nährstoffe, die gesünder sind als Möhren oder vieles andere.«
Er ließ seinen Nagezahn blitzen. »Sie sind nur nicht so

knackig.«
»Hat Mister Adams ...?«
»Nein, Homer hat noch nichts verlauten lassen. Obwohl er mich als eure Leibwache engagiert hat.«
»Wußte er von Smith?«
»Das eben nicht.« Gucky seufzte ergeben. »Bevor ihr mir Löcher in den Pelz fragt, erzähle ich lieber doch von Anfang an.«
Er berichtete ausführlich. Davon, daß die Solare Abwehr seit Monaten eine undichte Stelle in den Labors von Mimas argwöhnte. Einmal waren winzige Mengen eines neu entwickelten hochwirksamen Serums verschwunden gewesen, ein andermal hatte Amanda Singh geheime Unterlagen in ihrem Tresor nicht mehr in der Reihenfolge vorgefunden, wie sie diese hineingelegt hatte.
Frank Sattros und Helen Mertens waren in dieser Situation gerade recht gekommen. Amanda Singh hatte zwar rasch erkannt, daß ausschließlich die Virusinfektion die Wirkung der Vurga-Beeren bedingt hatte, doch genau das hatte sie vor ihren Mitarbeitern geheimgehalten. Für alle hatte es so ausgesehen, daß allein die Wirkstoffe der Vurga-Beeren Leben auf eine zunächst unbestimmte Zeitspanne verlängern konnten. Und genau diese Erkenntnis war nach außen weitergegeben worden. Daß jedoch die Daten nach Aralon weitergeleitet worden waren, war erst nach der Vernichtung der INDEPENDENCE DAY aufgefallen.
»Die Folge war, daß die SolAb sofort eure Überwachung anordnete. Nun ja«, Gucky zuckte mit den Schultern, »die besten Leute wurden nicht eingesetzt. Homer gab deshalb mir den Auftrag, dir auf den Fersen zu bleiben, Frank, und das habe ich getan, seit du sein Büro verlassen hast. Trotzdem hast du ein Problem ...«
Frank Sattros griff nach Helens Glas und trank nun doch

einen Schluck.
»Du kriegst vielleicht eine Schrottlaube von einem Raumschiff«, fuhr der Mausbiber fort. »Aber welche Bank finanziert einen Seelenverkäufer? Das mit dem Fonds klingt zwar besser – doch wie viele Leute willst du eigentlich an dem Geschäft beteiligen?«
Frank Sattros nickte ergeben. »Mir ist schon klargeworden, daß ich manches zu blauäugig gesehen habe. Vor allem ist die Konkurrenz groß. Jede neu besiedelte Welt will Terra und die anderen Planeten beliefern. Und was haben sie in der Regel zu bieten? Obst, Gemüse, landwirtschaftliche Produkte eben.«
»Also mußt du dir, um auf dem Markt zu bestehen, etwas Besseres einfallen lassen.«
Frank griff zum zweitenmal nach dem Cognac. Diesmal kippte er den restlichen Inhalt des Glases in einem Zug hinunter. Seine Stimme klang belegt, als er fragte, was er sich denn einfallen lassen solle.
Gucky grinste breit.
»Schau dir die Flasche an«, riet er.
»Und?«
»Muß ich euch Terranern denn immer aus der Patsche helfen? Mach was draus, Frank, verwirkliche Helens und deinen Traum.«
»Du meinst, ich soll aus Vurga-Beeren Schnaps brennen?«
»Schnaps oder Likör. Na klar doch. Und ich beteilige mich an der neuen Firma.«
»Gucky und Sattros«, überlegte Frank laut.
»Quatsch«, fiel ihm der Mausbiber ins Wort. »Eine stille Beteiligung, mehr nicht.«
»Also den Produktnamen benutzen«, schlug Helen vor, die schweigend, aber mit wachsendem Interesse zugehört hatte.
»Das nenne ich einen Vorschlag!« rief Gucky aus. »Hast du

einen Namen?«
»Noch nicht.«
»Vurguzz!« platzte Gucky heraus.
»Noch mal.«
»Vurguzz!«
»Was heißt das?«
»Ist mir nur gerade so eingefallen«, bekannte der Mausbiber. »Eine Zusammensetzung aus Vurga, das ist der Planet, auf dem der wichtigste Rohstoff wächst, und dem Wort ›Uzz‹, das der Ilt-Terminologie entstammt. Es bedeutet soviel wie *Himmelstränen.*«
»Gefällt mir«, sagte Helen. »Vurguzz.« Sie ließ den Namen förmlich auf der Zunge zergehen. »Die Himmelstränen von Vurga.«
»Wäre doch gelacht, wenn wir das nicht hinkriegen«, behauptete Gucky.
Inzwischen war die ZEUS in einen Orbit über Terra eingeschwenkt. Auf dem Monitor im Konferenzraum waren Teile des Atlantiks und von Westeuropa zu sehen. Der Kreuzer hielt Kurs auf Terrania.
»Worauf warten wir eigentlich noch«, sagte Gucky, »stellen wir Homer G. Adams vor vollendete Tatsachen.«
Wieder ergriff er Helens und Franks Hand und teleportierte mit ihnen.

Eine Legende wird geboren

Kapitel 9

Die erste Fracht

Mehr als sechzig Meter hoch ragte das Raumschiff auf, ein Gebilde aus Stahl und geballter Technik. Daß der auf zwölf Landestützen ruhende Koloß nicht mehr der neueste war, sah ihm niemand an. Auch nicht, daß es sich bis vor kurzem um ein Beiboot eines arkonidischen Superschlachtschiffes gehandelt hatte.

Gucky hatte seinen »Busenfreund« Reginald Bull becirct, bestochen oder was auch immer. Jedenfalls hatte Bull das scheinbar Unmögliche möglich gemacht und innerhalb weniger Wochen die Kaulquappe zur Verfügung gestellt.

»Das ist Teil meiner Beteiligung«, hatte Gucky jovial erklärt. »Nehmt es an und fragt nicht länger – ich will trotzdem nur ein Fünftel Gewinnanteil. Die Tilgung aufbringen müßt ohnehin ihr. Das Schiff ist weitgehend vollautomatisiert, also werden wenig Personalkosten anfallen. Einen besseren Start könnt ihr euch nicht wünschen.«

Noch im Januar hatten sie sich damit abfinden müssen, ihren Lebensabend auf der fremden Welt zu verbringen, auf die das Schicksal sie verschlagen hatte, aber nun, nur wenige Monate später, schickten sie sich an, auf ebendiese Welt zurückzukehren. An Bord des Schiffes würden sie damit beginnen, die Vurga-Beeren zu verarbeiten. Riesige

Tanks füllten die Laderäume aus.
Die Kaulquappe stand auf einem abseits gelegenen Landequadrat des Raumhafens von Terrania. Der Goshun See lag im Nordwesten, zu weit entfernt, als daß eine Direktsicht möglich gewesen wäre. Dort hatten Frank und Helen in letzter Zeit oft mit Gucky in dessen Bungalow zusammengesessen, den Blick auf den See genossen und Verträge ausgehandelt. Mehrmals war sogar Reginald Bull erschienen und hatte seine Kommentare abgegeben. Von ihm stammte auch eines der Rezepte für die Likörbereitung. Es sei ein Erbstück seiner Großmutter väterlicherseits, hatte er erklärt, und sie sei eine resolute, rothaarige alte Dame gewesen, die beinahe die Hundert erreicht hätte. Sie hatte immer behauptet, sie sei nur deshalb so alt geworden, weil sie jeden Tag ein Gläschen ihres eigenen köstlichen Gebräus getrunken hatte.
Reginald Bull schwärmte immer noch von dem Likör. »Ich durfte, als ich heranwuchs, oft probieren«, hatte er erklärt. »Hauptbestandteil waren Kiwis. Und ich sage euch, wenn ihr das mit den Vurga-Beeren hinbekommt, wird euch die Galaxis zu Füßen liegen.«
Frank Sattros hatte über diese Behauptung hell aufgelacht. Hinterher wäre er am liebsten im Erdboden versunken. Weil Reginald Bull Helen und ihm das Rezept zum Geschenk gemacht hatte. »Das ist für euch zur Geschäftseröffnung. Macht damit, was ihr wollt – ich wünsche euch auf jeden Fall Glück und Erfolg. Von diesem Rezept gibt es kein Duplikat.«
Gucky hatte seine Brust herausgedrückt und den Nagezahn blitzen lassen. »Erfolg ist doch wohl das mindeste«, hatte er verkündet. »Schließlich bin ich an dem Projekt beteiligt – und sage mir etwas, das schiefgelaufen wäre, wo ich…«
»Wie war das damals mit den fünf Hektar Möhrenplantage

nördlich das Sees? Lauter mickrige Dinger, holzig obendrei...«
Telekinetisch hatte der Mausbiber Bull den Mund zugehalten.
Daran dachte Frank Sattros, als er auf die Kaulquappe zuschritt. Wie hatte er in den vergangenen Wochen den heutigen Tag herbeigesehnt: die Taufe des Schiffes und den ersten Flug nach Vurga. Aber Gucky war nicht anwesend, er geisterte an Bord der CÄSAR in der Galaxis herum, wobei »geistern« sogar der treffende Ausdruck war. Frank hatte mittlerweile gerüchteweise gehört, daß am Rand der Galaxis ein unsichtbarer Gegner zugeschlagen hatte. Offiziell war noch nichts bekannt, aber da Perry Rhodan und Reginald Bull mit der IRONDUKE gestartet waren, schien mehr als ein Körnchen Wahrheit in den Gerüchten zu stecken. Die Mitglieder des Mutantenkorps waren zudem schon vorher auf verschiedene Schiffe verteilt worden, um Springern, Aras und Ekhoniden bei der Jagd nach den letzten zehntausend Robotschiffen von Arkon zuvorzukommen.
Ein kleines Häufchen illustrer Gäste hatte sich unter der Polschleuse versammelt. Die fünfköpfige Besatzung, verstärkt um Roboter unterschiedlicher Typen, war angetreten. Einige Schritte abseits standen die beiden Staatssekretäre des Finanz- und des Wirtschaftsministeriums. In ihren dunklen Anzügen wirkten sie neben den bunten Uniformen der *Vurguzz Company* seltsam deplaziert, beinahe wie Trauergäste einer Beisetzungsfeierlichkeit.
Frank Sattros hielt inne, als er in den Schlagschatten des Kugelraumers trat. Er atmete tief durch und strich mit beiden Händen den knielangen regenbogenfarbenen Umhang glatt. Das war der neueste Modeschrei in den Straßen Terranias. Veränderungen der Luftfeuchtigkeit sowie des atmosphärischen Drucks beeinflußten die Farbgestaltung

über Millionen eingewebte Sensorkügelchen. Helen neben ihm trug ein ähnliches Kleid, hochgeschlossen, mit Pelzbesatz verbrämt. Ihr Haar hatte sie für den heutigen Tag in Stufenform schneiden lassen, links war der Schädel fast kahlrasiert, rechts fielen die Locken bis auf die Schulter.
»Wo sind die Reporter?« murmelte Frank halblaut und ohne die Lippen zu bewegen. Brennend fühlte er die Blicke der Staatssekretäre auf sich ruhen. Lieber hätte er Gucky und Reginald Bull gesehen, das wäre auch eine weitaus bessere Werbung gewesen.
»Ich weiß nicht«, gab Helen ebenso leise zurück. »Die Burschen sind doch selten pünktlich.«
Den Text seiner kurzen Ansprache hatte er auswendig gelernt. Er hatte Biologie studiert und sich zum freien Unternehmer gemausert, aber die Abneigung gegen festliche Empfänge war ihm geblieben. Dementsprechend spärlich fiel seine Gestik aus, zudem redete er, als halte er eine Vorlesung an einer Universität. Er hielt inne, als der Lärm startender Raumschiffe seine Worte verschluckte.
»... mein Dank gilt allen, die unsere Firmengründung ermöglicht haben, insbesondere natürlich Leutnant Guck und Reginald Bull, deren Pflichtenkalender leider praller gefüllt ist als unserer, außerdem Homer G. Adams und den zuständigen Ministerien, ohne deren schnelle und unbürokratische Bearbeitung der Start noch nicht möglich wäre. Besonders bedanken möchte ich mich bei meiner Gefährtin, Helen Mertens.«
Überrascht stellte Frank fest, daß eine Robotkamera zwei Meter vor ihm in der Luft hing und ihn aufnahm; ein Seitenblick zeigte ihm, daß das Team von TNN spät zwar, aber immerhin doch noch eingetroffen war und an einer Landestütze seine Geräte aufgebaut hatte. »Helen wird nun den offiziellen Teil mit der Schiffstaufe beenden. Anschließend

bitte ich die Anwesenden zu einem kleinen Imbiß an Bord.«
Aus verborgenen Lautsprechern erklangen die Takte der Sternensymphonie. Schmalzig, fand Frank, doch er hatte sich von den Reportern überzeugen lassen, daß die Zuschauer genau das wünschten. Die meisten waren Menschen, die ihr Leben lang von der Raumfahrt träumten, aber nie höher als zwölf, dreizehn Kilometer über die Erdoberfläche hinauskommen würden.
Die Sehnsüchte all dieser Männer und Frauen wollte er mit Vurguzz stillen.
Die kirchliche Segnung des Schiffes war schon vor Tagen erfolgt, ehe die Mannschaft zum erstenmal an Bord gegangen war. Frank und Helen waren Christen, ihnen hätte einfach etwas gefehlt, wären sie mit der Kaulquappe ohne den Segen Gottes losgeflogen. Der Champagner stand bereit. Eine Drei-Liter-Flasche des besten Jahrgangs. Ein mattes grünes Licht neben dem Schleusenluk zeigte an, daß der Antigrav aktiviert war.
Die Sternensymphonie endete mit einem hallenden Trommelwirbel. Beifall brandete auf, als Helen den Champagner ergriff. Selbst die beiden dunkel gekleideten Staatssekretäre klatschten und lächelten in die Aufnahmeoptik.
»... damit taufe ich dieses stolze Schiff ...«
Mit einer knappen Bewegung warf Helen die Flasche in die Höhe, die vom Antigrav erfaßt wurde, dann schnell und sich überschlagend nach oben glitt. Sekunden später zerschellte der Champagner am Schiffsrumpf.
»... auf den Namen – VURGA. Mögest du uns immer ein perfekter Schutz vor der Kälte und dem Vakuum des Weltraums sein.«
Das Deflektorfeld, das den in großen Lettern aufgemalten Namen verborgen hatte, erlosch. Augenblicke später, als auch der Antigrav abgeschaltet wurde, klirrten die Glas-

scherben auf die Piste; ein prickelnder Regen verteilte sich mit dem Wind.

Es war ein atemberaubendes und aufreizendes Gefühl, selbst ein Raumschiff zu kommandieren. Was spielte es da für eine Rolle, daß dieses Schiff nur sechzig Meter durchmaß – noch vor eineinhalb Jahrhunderten wäre es ein Machtmittel gewesen, die Erde aus den Angeln zu heben.
Stundenlang wanderte Frank Sattros durch die Korridore, fuhr beinahe zärtlich mit den Händen über die Wände. Es war nur kalter Stahl, doch für ihn bedeutete er die Erfüllung eines Lebenstraums. Alles war so wahnsinnig schnell gegangen, und ohne Helen, die in mancherlei Hinsicht das Heft in die Hand genommen hatte, hätte er es nie geschafft.
Die dritte Transition stand bevor. Über eine Distanz von sechstausend Lichtjahren hinweg. Dann war der Planet Vurga zum Greifen nahe.
»Wir werden ein Imperium aufbauen, von dem noch unsere Enkel zehren«, stellte Frank im Brustton der Überzeugung fest.
Helen schwieg dazu. Sie lächelte.
»Du glaubst mir nicht«, tat Frank überrascht. »Du meinst, wir sollten erst diese eine Fracht zur Erde bringen. Aber wir brauchen Visionen, Helen, Ziele, die weit in der Zukunft liegen und auf die wir ab heute hinarbeiten können. Ich weiß, daß wir es schaffen werden, nicht zuletzt, weil wir einflußreiche Freunde haben.«
»Glaubst du, ein Reginald Bull allein kann unseren Vurguzz-Umsatz hochtreiben?«
»Indem wir die Explorerflotte beliefern?«
»Mister Bull ist unbestechlich.«
Einen halben Tag später materialisierte das Schiff innerhalb des Vurga-Systems. Für Frank Sattros war es, als kehre er

nach langer Zeit in die Heimat zurück. Er fühlte Trauer und Freude zugleich, und er dachte an die toten Kameraden der EX-313, die in der fremden Erde ihre letzte Ruhe gefunden hatten.
Die VURGA schwenkte in einen tiefen Orbit über den Planeten ein. Hinter dem Horizont schob sich der einzige Mond empor, eine öde, von Kratern und Grabenbrüchen überzogene, bläulich schimmernde Kugel.
»Guckys Home«, sagte Frank Sattros bestimmt. »Wir nennen den Mond Guckys Home – ich werde dafür sorgen, daß die übliche Ziffernbezeichnung geändert wird.«
Es gab keine Schneise mehr im Dschungel, Bäume und Schlingpflanzen hatten einen dichten Teppich über die Absturzstelle gewoben. Nur die Ortungen erfaßten die einige zehntausend Tonnen schwere Ansammlung von Stahl.
Die VURGA landete achtzig Kilometer westlich in der Nähe eines Binnensees, der von zwei großen Flüssen gespeist wurde. In dieser Region bestimmte eine Art Savanne das Bild.
Unmittelbar nach der Landung verließ Frank das Schiff über eine Mannschleuse oberhalb des Ringwulstes. Als Helen ihm fünfzehn Minuten später folgte, fand sie ihn zwischen den geschwärzten Austrittsöffnungen der Korpuskulartriebwerke auf dem breiten Ringwulst stehen. Frank wirkte so regungslos wie eine Statue, er hatte die Arme vor der Brust verschränkt und blickte unverwandt nach Osten. Lockere Wolkenbänke zogen in großer Höhe schnell dahin, sie verzauberten den Dschungel mit einem wechselnden Spiel von Licht und Schatten.
Frank reagierte nicht einmal, als Helen neben ihn trat und sich bei ihm einhängte. Ihr Kopf sank an seine Schulter. Auch ohne Worte spürten sie das Band, das sie miteinander

und mit dieser Welt verband. Nur der Tod würde diese innige Verbundenheit eines Tages durchtrennen können.
»Wir haben einen Kompromiß gefunden«, murmelte Frank nach einer Weile. »Wir werden viel Zeit auf Vurga verbringen, aber auch die Erde nicht verlieren.«
Die Sonne stand im späten Nachmittag. In dieser Planetenregion kam die Nacht ohne merklichen Übergang. In längstens drei Stunden würde es dunkel werden.
»Ich will heute noch hinaus.« Frank hatte nicht daran gezweifelt, daß Helen ihn begleiten würde. Mit einem schnellen Gleiter verließen sie das Schiff, schwebten zwanzig Minuten später über dem Wrack der EX-313. Es war von Moosen überwuchert, aber auch Bäume und Sträucher wurzelten schon in den Rissen des geborstenen Stahls.
Frank mußte lange suchen, bis er die Stelle fand, an der er die Toten begraben hatte. Und das, obwohl der Gleiter nicht einmal zweihundert Meter entfernt gelandet war und immer noch provisorisch zusammengenagelte Holzkreuze die Ruhestätte kennzeichneten.
Gemeinsam fundamentierten Frank und Helen die von der Erde mitgebrachte schwere Grabplatte. Das war der letzte Dienst, den sie der Explorercrew erweisen konnten. Lange Zeit verharrten sie schweigend, und als Frank den Gleiter endlich wieder startete, brach bereits die Nacht herein.
Früh am Morgen des nächsten Tages begannen sie mit den Erntearbeiten. Die Vurga-Beeren waren weit verbreitet, sie erschienen beinahe wie üppig wucherndes Unkraut. Nur in der Savanne gab es die Sträucher nicht, offenbar benötigten sie für ihr Wachstum die hohe Luftfeuchtigkeit des Waldes. Frank und Helen pflückten die ersten Beeren, danach ernteten die Roboter und die Besatzung der VURGA jeweils mehrere Zentner. Zwei Tage arbeitete Frank anschließend, nur von einer knappen Schlafpause unterbrochen, im

Bordlabor des Schiffes. Da er wußte, wonach er suchen mußte, und ihm zwei Medoroboter zur Hand gingen, lief alles reibungslos ab. Das Ergebnis bestätigte seine Erwartungen. Die Früchte, die Helen und er gepflückt hatten, wiesen keine Veränderungen auf, in allen anderen begann sofort ein Abbauprozeß, der sich selbst nach einer Konservierung fortsetzte. Der Verfall dieser Früchte war nicht zu stoppen.
Damit begann der schweißtreibende Teil ihrer neuen Existenz. Frank und Helen pflückten Vurga-Beeren sozusagen im Akkord, die Roboter transportierten die Ernte zum Schiff, und die Besatzung schälte und verarbeitete die Beeren teilweise zu Saft. Aber auch frisches Fruchtfleisch wurde benötigt.
Langsam füllten sich die Tanks der Kaulquappe. Nach zwei Wochen unermüdlicher Arbeit durchzog der schwere Duft der Vurga-Beeren das Schiff. Die Filter der Luftumwälzung schafften es nicht mehr, alle Aromastoffe zu absorbieren. Der Geruch von Anis war allgegenwärtig. In den Tanks begann die zähflüssige Masse zu gären. Alle weiteren Vorgänge, wie zweimaliges Filtern und das Versetzen mit Spurenelementen, liefen robotgesteuert ab. Zuletzt wurde dem »Sud« Alkohol zugegeben.
Frank schöpfte mit der Probierkelle, aber er trank nicht, sondern roch nur.
»Und?« drängte Helen. »Ist etwas nicht in Ordnung?« Die Arbeit von drei Wochen stand auf dem Spiel, falls nicht alles so geworden war, wie sie es gehofft hatten.
Frank schüttelte den Kopf.
»Ein ungewohntes Aroma«, sagte er. »Trotzdem markant.«
Er führte die Kelle an die Lippen, nahm einen winzigen Schluck – und ließ den Vurguzz auf der Zunge zergehen. Sein zweiter Schluck war kräftiger. Da lächelte er bereits.
Helen kostete ebenfalls. Sie gab die Schöpfkelle an die

sichtlich gespannt wartenden Besatzungsmitglieder weiter.
»Das Zeug schmeckt nach mehr«, behauptete der Pilot.
»Das Zeug«, ereiferte sich Helen, »heißt Vurguzz und wird uns hoffentlich bald aus den Händen gerissen werden.«
»Wir könnten gleich damit anfangen.« Der Pilot grinste breit. »Sieht so aus, als hätten wir einiges nachzuholen. Wenn Sie mich fragen, Chefin, der Vurguzz wird ein Renner – die Herstellung in dieser kleinen Menge dürfte kaum ausreichen.«
Die Schöpfkelle ging reihum. Keiner dachte daran, sich ein Glas zu holen, aber aus jedem Tank wurden zwei, manchmal sogar mehrere Kostproben gezogen. Irgendwann hatte Frank Sattros das zweifelhafte Empfinden, nicht mehr völlig sicher auf den Beinen zu stehen.
»Schperrschtunde«, stellte er mit eigenwilligem Zungenschlag fest. »Esch reicht für heute.«

Die VURGA befand sich auf dem Rückflug zur Erde und hatte soeben die zweite Transition hinter sich gebracht. Düster entsann sich Frank Sattros, daß der Pilot nach der fünften oder sechsten Kelle voll Vurguzz und mit schon holperiger Stimme davon geredet hatte, daß die Terraner vor dem Landeplatz Schlange stehen würden, um wenigstens ein Fläschchen mit dem köstlichen grünen Tropfen zu ergattern. Die anderen hatten dann versucht, sich gegenseitig in ihrer Euphorie zu überbieten.
Daran dachte Frank, als er den Vertrag durchblätterte. Genaugenommen waren es zwei Urkunden. Auf der einen prangte das Siegel des Solaren Imperiums in Holodruck. Die Folie war kopier- und fälschungssicher. In nur acht Paragraphen stand niedergeschrieben, daß die Vurguzz Company, eine Firma des Solaren Rechts und zu gleichen Teilen vertreten durch Frank Sattros und Helen Mertens,

das alleinige und ausschließliche Nießbrauchrecht für den Planeten Vurga, angesiedelt im galaktischen Zentrumsbereich, ...hinsichtlich aller pflanzlichen und nachwachsenden Erträge des Planeten erhielt. Ausdrücklich davon ausgenommen waren alle etwa unter der Oberfläche verborgenen Bodenschätze.
Die Nutzungsdauer wurde mit neunundneunzig Jahren beziffert, die Option einer Verlängerung war ebenso eingeräumt wie ein Vorkaufsrecht; beides konnte von einem möglichen Rechtsnachfolger der Vurguzz Company sowie von leiblichen Abkömmlingen der beteiligten Privatpersonen wahrgenommen werden.
Der Nießbrauch war mit 22 Prozent des Nettoerlöses zu vergüten. Zur Verwirklichung einer eventuellen Kaufabsicht – die wohlgemerkt nur den Planeten und seinen Trabanten, nicht aber das gesamte System betreffen konnte – bedurfte es der Zustimmung des Parlaments, die nur aus triftigen Gründen verweigert werden konnte. Der Kaufpreis würde sich nach einem Schätzgutachten richten, das zum Zeitpunkt der erklärten Kaufabsicht zu erstellen sei. Im übrigen war das Vurga-System Bestandteil des Solaren Imperiums und eine Herauslösung aus dem Staatsgebilde nur mit einstimmigem Parlamentsbeschluß möglich.
Frank Sattros lächelte, als er die Zeilen zum wiederholten Male überflog. Er war stolz auf diesen Vertrag, und noch vor einem Jahr hätte er jeden für verrückt erklärt, der eine solche Entwicklung vorausgesagt hätte.
Vor einem Jahr hatte die Besatzung der EX-313 wahrscheinlich schon das tödliche Virus in sich getragen. Frank wischte alle düsteren Gedanken beiseite.
Den Planeten zu kaufen, daran wagte er nicht einmal im Traum zu denken. Aber immerhin: Der Wortlaut spornte an. Die zweite Urkunde betraf das Raumschiff. Hier war nicht

das Wirtschaftsministerium des Solaren Imperiums Vertragspartner, sondern Leutnant Guck und Homer G. Adams als Vertreter der General-Cosmic-Company.
Gucky hatte seine Beteiligung zur Teilfinanzierung der Kaulquappe eingebracht. Erst aufgrund dessen, weil damit die erforderliche Eigenkapitalquote nachgewiesen war, hatte die GCC den nicht unbeträchtlichen Restbetrag finanziert. Mit einem Sonderzinssatz für Existenzgründer, der auch die Umrüstungskosten betraf. Die Annuität betrug 970.000 Solar.
Immerhin hatten Frank und Helen damit die Gewißheit – unvorhersehbare Reparaturen nicht berücksichtigt –, daß sie in fünfzehn Jahren Eigentümer der Kaulquappe sein würden. Für seine eingebrachte Kapitalbeteiligung stand Mausbiber Gucky darüber hinaus eine zwanzigprozentige Beteiligung am Reingewinn zu, kumulierbar während der ersten fünfzig Jahre des Geschäftsbetriebs. Danach war es ihm freigestellt, sein angesammeltes Kapital in Raten zu entnehmen oder eine neue Vereinbarung zu treffen.
Im Fall einer Liquidation aufgrund von Zahlungsschwierigkeiten galt Guckys Einlage als Risikokapital. Reginald Bull hatte den Mausbiber zweimal davor gewarnt, sich zu derart unglücklichen Konditionen zu binden, doch Gucky hatte erwidert, er wisse, was er riskieren könne und was nicht.
Frank Sattros war beiden dankbar, dem Mausbiber und Reginald Bull. Ohne ihren Einsatz wären weitaus mehr Probleme auf ihn zugekommen als ursprünglich angenommen.
Er saß am Arbeitsplatz in seiner Kabine. Ein nur mehr halb gefülltes Glas Vurguzz stand vor ihm. Frank fand, daß die »Himmelstränen« noch reiften. Ihr Aroma war heute voller als gestern, und schon vorgestern hatten sie merklich intensiver geschmeckt als letzte Woche.
Frank zog eine Rechenfolie unter einem Stapel Vertriebs-

unterlagen hervor und begann zu notieren. Die in die Folie integrierten Mikroprozessoren registrierten den Druck seines Stiftes und zeigten die Ergebnisse aller Rechenoperationen in einer Schrift an, die der seinen im Detail glich. Die Kaulquappe hatte ein Volumen von knapp über 113.000 Kubikmetern; die Vurguzz-Tanks nahmen nicht einmal ein Viertel des Raumes ein, genau 25.260 Kubikmeter. Das waren über fünfundzwanzig Millionen Liter.

Die Abfüllung der »Himmelstränen« in die speziell angefertigten Flaschen zu jeweils 0,7 Liter würde auf der Erde erfolgen; die günstigste Firma, die Helen ausfindig gemacht hatte, lag ziemlich genau im geographischen Herzen Europas. Insgesamt waren es für eine Fracht 36.085.714 Flaschen. Nicht mehr ganz. Die vierzehn Flaschen würden leer bleiben. Und vielleicht ein paar weitere auch noch.

Der Abgabepreis an den Handel war mit 31 Soli kalkuliert. Das bedeutete einen Brutto-Verkaufserlös von 11.186.567 Solar. Gar nicht übel für den Anfang. Allerdings mußte die 19-prozentige Umsatzsteuer abgezogen werden. Die Fixkosten waren ohnehin hoch. Einhundertfünfzig Solar pro Lichtjahr, das klang nicht nach viel, summierte sich aber doch auf rund 6,3 Millionen Solar für einen einzigen Flug Terra–Vurga und zurück. Dagegen fiel das Gehalt der Besatzung nicht ins Gewicht. Auch die Herstellungskosten von 3 Soli für jede Flasche waren minimal, summierten sich jedoch enorm. Transportgebühren, Liegeplatzgebühren für die VURGA und, und, und … Als Frank Sattros wieder einmal alle Gebühren notiert hatte, blieb ihm noch ein Ertrag von 0,8 Millionen Solar. Das hieß, er konnte den Dingen, die da kommen würden, gelassen entgegensehen.

Der Einflug in das Sonnensystem beanspruchte beinahe mehr Zeit als die Serie von Transitionen zwischen Vurga

und Sol. Fragen, Rückmeldungen, Kontrollen – die Akribie, mit der das alles geschah, machte Frank mißtrauisch. Zudem patrouillierten ungewöhnlich viele Kreuzer der Heimatflotte zwischen den äußeren Planeten.

»Ich identifiziere die Ortungsreflexe überwiegend als Fünfzehnhundert-Meter-Raumer«, kam es von der Ortung. »Das müssen neu in Dienst genommene arkonidische Schlachtschiffe sein.«

Dreimal kamen Wachkreuzer bis auf wenige tausend Kilometer nahe und immer die gleiche Prozedur der Identifikation. Bis Frank Sattros endlich der Kragen platzte.

»Was ist denn los?« herrschte er sein Gegenüber an, ohne auf militärische Rangabzeichen zu achten. »Wurde ein Attentat auf Rhodan verübt? Anders kann ich mir die Schikane nicht erklären.«

»Vorsichtsmaßnahmen«, lautete die lakonische Antwort.

Frank Sattros nickte ergeben. »Und warum, wenn ich fragen darf? Oder ist das Staatsgeheimnis?«

Das Gesicht im Hyperkom musterte ihn verblüfft. »Die Medien berichten seit Tagen von den Schatten. Es hat bewaffnete Auseinandersetzungen gegeben, mit Toten auf beiden Seiten. In SEKTOR BJ-97-UK.«

Die Bezeichnung sagte Frank wenig, doch er begann zu ahnen, daß der Milchstraße unruhige Zeiten bevorstanden. Eigentlich der richtige Zeitpunkt, um Vurguzz in einer großangelegten Werbekampagne zu pushen. In wirren Zeiten sprach die Bevölkerung verstärkt dem Alkohol zu. Mit einem unwilligen Kopfschütteln verscheuchte Frank die aufkeimenden Überlegungen, die ihm gar nicht gefielen. Geschäftlichen Erfolg auf negativen Einflüssen aufzubauen behagte weder ihm noch Helen. So etwas konnte auch nicht von Dauer sein.

Als die VURGA endlich in den Landeanflug überging,

herrschte Nacht über diesem Teil der Erde. Terrania war ein funkelndes Juwel mit vielen Facetten, eingebettet in ein Meer von Finsternis. Lichtumkränzt sah man den Goshun See und den Crest Lake. Nach Süden und Westen wurde die Bebauung dichter, bestimmten Hochhauskomplexe das Bild. Die Raumhäfen mit ihren aufgeschütteten Kraterwällen, die den Lärm startender und landender Raumschiffe sowie die entstehenden Druckwellen ablenken sollten, wirkten aus der Höhe wie kreisrund erstarrte Pfützen geschmolzenen Bleis.
Der Handelsraumhafen war taghell erleuchtet. Dort wurde rund um die Uhr gearbeitet, denn die Liegekosten an den Frachtterminals waren hoch.
Helen hatte bereits die Übernahme der 25.260.000 Liter Vurguzz arrangiert. Unter dem Ringwulst der Kaulquappe flirrte noch die erhitzte Luft, als schon der robotgesteuerte Pumpenwagen näher kam. Der Vurguzz würde in die Tanks des nur dreihundert Meter entfernten Kühlturms gepumpt werden und von dort mit schweren Antigrav-Lastengleitern zum Abfüllen weiterbefördert.
»Wir hätten die Medien verständigen sollen«, entfuhr es Frank Sattros. »Warum haben wir daran nicht gedacht?«
»Weil kein Reporter sein Kameraset in Bewegung setzt, um eine Kaulquappe beim Löschen der Fracht zu filmen«, sagte Helen.
»Außerdem ist die Ladung der VURGA aus zolltechnischen Gründen beschlagnahmt«, erklang es hinter ihnen.
Frank Sattros erstarrte innerlich. Langsam wandte er sich um.
Helen hatte ein wenig schneller reagiert. Ihr überraschter Ausruf nahm der Situation etwas von der Schärfe, die plötzlich in der Luft hing.
Ein Mausbibergesicht grinste beide fröhlich an. Und die

füllige Gestalt mit dem roten Stoppelhaar grinste ebenfalls. Gucky war mit Reginald Bull an Bord teleportiert.
»Wir sind gekommen, weil wir wissen wollen, wie der Vurguzz schmeckt«, begann Bull.
»Und weil wir gerne einige Flaschen für gute Freunde abstauben«, fügte Gucky hinzu. Dabei dachte er an Ooch und Wullewull und die anderen Ilts, die ohnehin herausbekommen würden, daß er an der Vurguzz Company beteiligt war. Was ihn dann erwartete, das konnte er sich nur zu gut ausmalen. Die Ilts waren Rabauken – besser, er nahm ihnen von Anfang an den Wind aus den Segeln.
»Das Rezept ...«
»... ist perfekt«, unterbrach Reginald Bull. »Was auf Kiwis, Papayas und andere exotische Früchte anwendbar war, klappt zweifellos auch bei Vurga-Beeren.«
Der Pumpenwagen hatte inzwischen das Schiff erreicht. Die Crew half, die Röhren an die Tanks anzuschließen.
»Wir wollen natürlich nichts umsonst«, sagte Gucky. Telekinetisch zog er einen Datenträger aus Bulls Tasche hervor und ließ ihn zu Frank Sattros hinüberschweben. »Das wird euch bestimmt interessieren.«
Der kristalline Speicher beinhaltete Fernsehsendungen und Kopien aus den solaren Datennetzen. Anhand der Datumseinblendungen war zu erkennen, daß die Aufzeichnungen Veröffentlichungen der letzten Wochen betrafen: *VURGUZZ – Himmelstränen aus der Milchstraße* verkündete eine grelle Schlagzeile. Der Untertitel lautete marktschreierisch: *Eine Pflanze besiegte tödliche Infektion – wirkt sie auch lebensverlängernd?*
Der Bericht verknüpfte Gentechnik mit Spekulationen. Ein findiger Reporter hatte nahezu alles über die Vurguzz Company und die EX-313 in Erfahrung gebracht; auch über die völlige Genesung von Helen und Frank. Groß

aufgemacht war der Teil über die Telomere, auch die Entführung durch den Halb-Ara Smith.
In einer halbstündigen Diskussionsrunde auf TNN wurde das Thema subtiler angegangen und von verschiedenen Seiten durchleuchtet. Auch hier zeigten sie gute Details aus medizinischer Sicht, und der Sender hatte nicht vergessen, ausdrücklich auf die Vireninfektion hinzuweisen. »... es mag sein, daß die Vurga-Beeren ihre Wirkung nur in diesem speziellen Fall entfaltet haben. Dann bleibt lediglich eine antibiotische Wirkung übrig. Aber wer von uns Menschen spielt nicht gerne mit dem Schicksal? Für uns ist das ein schöner Traum, verbunden mit der Hoffnung, das Leben könnte ein paar Jahre länger währen.«
Der Sender rollte die Geschichte der EX-313 ebenso auf und untermalte sie mit Archivaufnahmen, wie er den Raumschiffs-Schrottplatz des Hank Rockefeller zeigte. Rockefeller selbst gab sich in einem kurzen Interview enttäuscht darüber, daß sein großzügiges Angebot eines aufpolierten Raumschiffs nicht angenommen worden war, zugleich verkündete er lauthals, daß er den Vurguzz auf jeden Fall probieren würde. »... es gibt bestimmt nichts, wovor ich zurückschrecke«, behauptete er. »Also her mit dem Zeug. Wenn es wirklich gut ist, bleibe ich sogar dabei.«
»Weil Sie hoffen, Ihr Leben verlängern zu können?« fragte der Interviewer. »Ich denke da an die medizinisch bedeutsame Verlängerung der Telomere bei beiden ursprünglich erkrankten Raumfahrern.«
»Quatsch«, wehrte Rockefeller entschieden ab. »Der Traum von der Unsterblichkeit mag schön sein, für mich wäre das nichts. Wahrscheinlich hätte ich panische Angst vor jeder Krankheit, vor einem Unfall und was weiß ich noch.« Er schüttelte sich demonstrativ.
Der Bericht endete mit der Wiedergabe eines Auszugs aus

dem Solaren Firmenregister. Hier war die Neugründung der Vurguzz Company vermerkt, wie es den Vorschriften entsprach. Der Reporter von TNN bedauerte nur, daß der stille Teilhaber nicht hatte identifiziert werden können.
Gucky klopfte sich gegen die Brust. »Das hat er schön gesagt, nicht wahr?«
Erst der Abspann zeigte, daß sie die Magazinsendung »Solare Wirtschaft – Zahlen, Fakten, Daten im Kreuzfeuer« gesehen hatten. Eine Reihe, die sowohl für ihre Recherchen als auch für die nicht eben alltägliche Themenwahl bekannt war.
»Adams behauptet, daß die Leute in der Redaktion einen Telepathen haben müssen«, sagte Reginald Bull. »Anders wäre manches, was sie schon ausgegraben haben, nur schwer zu erklären.«
»Was ist jetzt mit dem Vurguzz?« platzte Helen dazwischen. »Mister Bull, Gucky?«
»Bemüh dich nicht!« rief der Mausbiber. »Ich habe eben geespert, wo unsere Kostprobe steht. Dachte ich mir doch, daß ihr Bully und mich nicht auf dem trockenen sitzen laßt.«
Sprach's, verschwand und kehrte schon Sekunden später mit einem Zwei-Liter-Kanister im Arm wieder zurück. »Gefeiert wird in meinem Bungalow«, erklärte er. »Das war schon immer so.«
Er teleportierte mit Bully und dem Vurguzz. Gleich darauf materialisierte er erneut in der Zentrale der VURGA, hängte sich bei Helen ein und faßte Frank am Ärmel. Unterhalb des Schiffes begannen in dem Moment die Pumpen zu arbeiten.

Kapitel 10

Streiflichter

Wilbur Mallaghan starrte seine Hände an, die blutigen Schwielen, die mit aufgesprühtem Wundplasma dürftig überdeckt worden waren. »Wir schuften bis zum Umfallen, aber die Echsen denken nicht daran, uns zur Hand zu gehen. Wißt ihr, Jungs, was ich glaube?« Mit grimmiger Miene blickte er sich um.

Fünfundzwanzig Mann gehörten zu seinem Trupp, allesamt durchtrainierte Kerle, die zupacken konnten. Doch vierzehneinhalb Stunden ohne nennenswerte Unterbrechung hatten sie aufgekratzt. Anstatt sich in ihre Quartiere zurückzuziehen, waren sie wie eine Horde Lemminge in Archers Pinte eingefallen, eine der einschlägigen Raumfahrerkneipen, die keine Sperrstunde kannten.

»Rück schon raus damit, Wilbur. Gedankenlesen ist nicht unsere Stärke.«

Gelächter am Tisch. Die Robotbedienung servierte eine neue Runde Bier. Zwei der Männer hatten dem Roboter einen Schmollmund aufgemalt und ihm einen verschlissenen Vorhang umgebunden.

»Na, Süße«, prustete einer los und tätschelte die synthetischen Wangen. »Wie wär's mit uns beiden? Hab' nicht umsonst bis zum Umfallen geschuftet.«

Der Roboter stellte das Bier vor ihm ab. »Ich bedauere, Sir, aber ich kann Ihnen nicht behilflich sein. Offensichtlich liegt eine Verwechslung vor hinsichtlich meiner Möglichkeiten.« Der Rest ging im aufbrandenden Gelächter unter.
»Eine Verwechslung?« prustete einer. »Ganz und gar nicht. Jake steht auf Blech.«
»Ich verstehe die Logik nicht, Sir.«
»Sir«, prustete einer los. »Die Blechtöle sagt *Sir* zu dir, Jake. Die mußt du zur Frau nehmen.«
»Warum eigentlich nicht?« spottete ein anderer. »'ne richtige hält's mit ihm sowieso nicht aus. Wollen wir wetten?«
Ein Stuhl polterte zu Boden. Jake war aufgesprungen, hatte im Herumfahren zwei Gläser umgestoßen und den Spötter am Hemdaufschlag gepackt. Mühelos zerrte er den Mann zu sich heran.
»Niemand wettet auf meine Kosten«, fauchte er. »Ist das klar?«
Sein Gegenüber feixte noch immer. »Du gönnst mir den Gewinn nicht, Jake, oder?«
Ein heftiger Stoß ließ ihn taumeln. Einen sicheren Stand hatte er schon zuvor nicht mehr – zwei arbeitsfreie Tage im Anschluß an den Gewalteinsatz forderten geradezu heraus, sich zuallererst zu vergnügen. Mit den Armen rudernd, taumelte er rückwärts, rempelte andere Zecher an und ging ächzend zu Boden.
»Ein Mineralwasser, Robbi.« Jake grinste breit. »'n ganzen Kübel voll für unseren Freund.« In einer großmütigen Geste streckte er seinem Gegner die Pranke hin. »Steh auf, Fred, das Wasser kannst du auch nicht im Liegen ...«
Fred hatte die hilfreiche Hand ergriffen und zerrte Jake mit einem harten Ruck nach unten. Gleich darauf behinderten sie sich gegenseitig bei dem Versuch, wieder auf die Beine zu kommen. Die anderen Zecher fühlten sich sogleich

bemüßigt, ihren Favoriten anzufeuern.
»Aufhören, verdammt!« Endlich ging Mallaghan dazwischen. Während er Jake in die Höhe zerrte, wurde ihm bewußt, daß keiner mehr auf die beiden Streithähne achtete. Alle starrten zur Theke hinüber.
Fred kam von selbst schwankend wieder auf die Beine. Mit stierem Blick musterte er die Topsider, die eben hereingekommen waren, als wäre das die natürlichste Sache der Welt. »Das gibt's doch nicht«, ächzte er. »Leute, das geht mir gegen den Strich.«
Bevor Wilbur ihn zurückhalten konnte, torkelte er zwischen den Tischen hindurch hinüber zur Theke. Seine Pranke klatschte auf die Schulter eines der Echsenwesen.
»Habt euch prächtig amüsiert, was?«
Der Fremde antwortete in seiner kehligen, fauchenden Sprache, bevor er ins Interkosmo verfiel.
»Sie sind betrunken, Terraner.«
»Betrunken?« Fred verzog die Mundwinkel zu einem hämischen Grinsen. »Ja und? Wen interessiert das?«
Der Topsider ignorierte die Hand auf seiner Schulter. Er wandte sich wieder um und gab seine Bestellung auf.
»Wenn ich mit Ihnen rede, Eidechsenmann, zeigen Sie wenigstens etwas Anstand.«
Fred war sauer, weil es nur noch selten vorkam, daß ein Schiff von Hand entladen werden mußte. Der topsidische Frachter hatte Speicherkristalle von höchster Reinheit und im Wert von mehreren hundert Millionen Solar geladen gehabt, bestimmt für die arkonidischen Robotschiffe, aber denkbar schlecht verpackt. Also durfte kein Roboter, kein Antigrav, nichts, dessen Streustrahlung die Reinheit hätte gefährden können, zum Einsatz kommen.
Zu allem Überfluß hatten die Echsen sich einen Spaß daraus gemacht, Terraner schwitzen zu sehen. »Wenn ich einen

von denen zwischen die Finger kriege ...«, hatte Fred geschnauft.
Topsider galten als kriegerisch. Sie hatten ein diktatorisches Staatswesen, aber obwohl sie seit Jahrhunderten die interstellare Raumfahrt betrieben, war es ihnen nie gelungen, eine bedeutendere Rolle in der Galaxis zu spielen. Viele von ihnen glaubten, über den Dingen zu stehen; eine gewisse Herrenmentalität ließ sich nicht verleugnen.
Fred hätte das wissen müssen. Trotzdem provozierte er die Echsen.
Der kräftige Schwanzschlag seines Gegenübers fegte ihn von den Beinen. Er wurde zur Seite geschleudert und krachte auf einen Stuhl, der unter dem Aufprall zusammenbrach. Ächzend wälzte er sich herum. Blut sickerte aus einer aufgeplatzten Augenbraue über sein Gesicht. Schwankend kam er wieder in die Höhe und ging in Kampfposition.
»Aufhören!« brüllte der Mann hinter der Theke. »Seid vernünftig, Leute!«
Keiner achtete auf ihn.
Demonstrativ schlug Fred mit einem Stuhlbein, das er als Knüppel benutzte, in seine Handfläche. Die Kneipenbesucher in unmittelbarer Nähe verließen fluchtartig ihre Plätze. Nur Mallaghan und die anderen seines Trupps kamen heran. Sechsundzwanzig durchtrainierte, kräftige Terraner gegen sieben Topsider. Ein auf den ersten Blick ungleiches Verhältnis, das die Echsenwesen nur durch ihre überlegenen Kräfte wettmachen konnten.
Im Widerschein der künstlichen Beleuchtung schimmerte die schwarzbraune Schuppenhaut der Topsider wie Stahl. Sie trugen keine Waffen. Die Raumhafenordnung gestattete nur Angehörigen der Solaren Flotte das Tragen von Strahlern. In den Kneipen im unmittelbaren Umfeld der Frachtterminals ging es häufig rauh her, nach einigen wenig

schönen Zwischenfällen hatten die Sicherheitsbehörden deshalb vorgesorgt.
»Wenn ihr euch prügeln wollt, tut das draußen!« Sonderlich überzeugt von der Wirkung seiner Worte war der Barkeeper nicht. Andernfalls hätte er nicht mit hastigen Bewegungen alle Flaschen vom Tresen in Sicherheit gebracht.
»Ich habe Echsen nie leiden können.«
Fred schlug zu. Gleichzeitig zuckte eine Schuppenhand vor, sechs schlanke Finger schlossen sich um seinen Unterarm. Die folgende Bewegung war so schnell, daß kaum einer richtig wahrnahm, was geschah. Fred wurde von den Beinen gewirbelt, für die Dauer eines erschreckten Herzschlags hing er beinahe waagerecht in der Luft und schlug rücklings auf. Sofort zerrte der Topsider ihn wieder hoch und wollte ihn als Rammbock gegen die anderen benutzen, doch in dem Moment hallte ein warnender Ausruf durch Archers Pinte: Roboter!
Die Frachtarbeiter ließen beinahe ebenso schnell die Fäuste sinken, wie sie sie erhoben hatten. Ein wenig langsamer wandten die Topsider sich wieder der Theke zu – auch sie hatten kein Interesse daran, von den terranischen Behörden als Störenfriede eingestuft zu werden.
Der Barkeeper hob eine dickbauchige Flasche und reihte mehr als dreißig Gläser auf. »Ich gebe einen aus, Leute!« rief er in beschwörendem Tonfall. »Auf die Völkerverständigung!«
Mallaghan achtete genau darauf, was der Mann einschenkte.
»Willst du uns vergiften, Mac? Das grüne Zeug kann doch nur von Topsid stammen.«
»Irrtum. Das ist Vurguzz, ganz neu reingekommen.«
»Was der Frachtarbeiter nicht kennt, das säuft er nicht«, spottete einer der Männer.

»Vurguzz!« wiederholte der Wirt, während er mit einem Auge zu den Robotern schielte, die jetzt in der Tür standen. »Soll so gut sein wie lebensverlängernde Medizin.«
Mallaghan beugte sich nach vorne, seine Pranke schloß sich um das Handgelenk des Barkeepers. »Verscheiß mich nicht, Mac, das gefällt mir ganz und gar nicht. Eigentlich solltest du das wissen.«
Macs Gesicht verzerrte sich vor Schmerzen. Ein Schwall Vurguzz ergoß sich aus der Flasche über die Theke. »Wenn ich's dir sage, Wilbur, das ist das neueste ...«
»Ich glaube, ich habe davon gehört«, platzte einer der Arbeiter heraus. »Soll ein prima Zeug sein, aber im Vorfeld gab es einigen Ärger. In den Nachrichten haben sie was von Enzymen und so erzählt.«
Fred hielt sein Glas schräg gegen das Licht und schielte gleichzeitig zu dem neben ihm stehenden Topsider hinüber. Es behagte ihm nicht, daß das Echsenwesen den Vurguzz mit einem Zug leerte, die Kugelaugen verdrehte und nach mehr verlangte.
»Gut, die Himmelstränen«, lachte der Keeper.
»Die was?« Fred leerte sein Glas ebenfalls in einem Zug.
»Himmelstränen von Vurga. Man munkelt inzwischen, daß der Mausbiber den Namen erfunden hat.«
»Gucky?«
»Genau der.«
»Schmeckt erst noch gut.« Mit dem Handrücken wischte Fred sich über den Mund. »Noch einen, Mac!«
»Geht aber nicht mehr auf Kosten des Hauses. Nur daß das klar ist.«
Die Adern an Freds Schläfen schwollen an. Er biß sich zornig auf die Unterlippe. »Was soll das Gerede? Glaubst du, wir können nicht zahlen?«
Eine Schuppenhand senkte sich auf seine Schulter, der

Topsider faßte kräftig zu.
»Hör zu, Terraner«, sagte das Echsenwesen, bevor Fred die Hand wegschlagen konnte. »Wir geben einen aus. So sagt man doch bei euch, oder?«
Freds Unterkiefer klappte herunter. Nun verstand er gar nichts mehr. Aber warum eigentlich nicht? Ein Getränk wie Vurguzz war ihm überhaupt noch nicht untergekommen – das Aroma schmeckte wie … wie unendliche Ferne, die Weite der Milchstraße …
»Warum nicht?« murmelte er, schob aber doch die Hand des Topsiders zur Seite.
Das Echsenwesen spreizte alle zwölf Finger, was ein Stirnrunzeln beim Barkeeper hervorrief. Gemeint war lediglich, daß die Gläser nochmals gefüllt werden sollten.
»Auf Terra ist es Sitte, einen Trinkspruch auszubringen«, sagte Mallaghan und schaute den Topsider auffordernd an.
»Mögen alle eure Eier fruchtbar sein!«
Fred prustete los. Dummerweise hatte er das Glas schon an den Lippen. Ein grünlicher Schleier spritzte durch die Luft und senkte sich auf die Theke.
Der Topsider schaute den Terraner an, trank und spuckte den Inhalt seines Glases ebenfalls in hohem Bogen aus.
»Ist es richtig so?« erkundigte er sich.
Daß die Echse ausgerechnet den Barkeeper angespuckt hatte, war eine Sache, daß Fred sich umwenden mußte und die Hände vors Gesicht schlug, um nicht endgültig lauthals herauszuplatzen, eine andere. Topsider waren Eierleger, dessen entsann er sich in dem Moment.
»Die nächste Runde geht auf mich«, sagte Wilbur Mallaghan.
Deshalb wieherten einige seiner Leute los. Abwehrend hob er die Hände. »Ich zahle die nächste Runde, damit keine Mißverständnisse aufkommen. Vurguzz, wie gehabt – ich

habe lange nichts Besseres getrunken.«
Eine Stunde später verließen die Verladearbeiter und die Topsider gemeinsam Archers Pinte. Sie boten ein einmaliges Bild von Eintracht und Brüderlichkeit. Und jeder hielt eine der bauchigen Flaschen in Händen, als Vorrat für schlechtere Zeiten.

Als der Shuttle Klaus Bollner im Rheintal absetzte, fühlte er sich hundeelend. Schon vor einem Jahr hatte die Auswanderungsbehörde ihm den Termin mitgeteilt, doch seither war die Zeit viel zu schnell vergangen. Er war nicht allein. Einige tausend Männer und Frauen warteten auf die Abfertigung; das Tor zu den Sternen stand weit offen.
New Terra hieß der zur Besiedlung freigegebene Planet, achttausend Lichtjahre von Sol entfernt. Die Werbevideos hatten ein Paradies vorgeführt, eine Welt mit wenigen Kontinenten, aber ungezählten Inselgruppen in tiefblauer See. Endlos weite Sandstrände, üppiger Pflanzenwuchs und unberührte Natur, einen angenehmeren Ort konnte Bollner sich nicht vorstellen. Die Ameisen in seiner Magengrube, die er trotzdem als Heimweh identifizierte, würden sich über kurz oder lang wieder beruhigen. Spätestens dann, wenn das Siedlerschiff jenseits der Marsbahn in den Linearraum ging.
Die Schlange vor ihm löste sich schnell auf. Bollner dirigierte sein mit Antigravplättchen versehenes Gepäck mit einem Fingerdruck in die neue Richtung. Hinter ihm spie der nächste Shuttle weitere Siedler aus.
Gerhard Ettmanns kräftige Gestalt schob sich durch die Menge. Ihm schauten die Frauen nach. Klaus Bollner hatte Ettmann auf dem Auswanderungsbüro kennengelernt und festgestellt, daß sie aus den gleichen Gründen die Erde verlassen wollten. Das Abenteuer lockte sie.

Sie wurden an nebeneinanderliegenden Schaltern abgefertigt. Noch einmal mußten sie die Kontrolle ihrer persönlichen Daten, Fingerabdrücke und die Frage nach zwischenzeitlichen Erkrankungen über sich ergehen lassen. Schließlich lag der medizinische Check schon sechs Wochen zurück.

»Der Flug wird zweieinhalb Tage in Anspruch nehmen, Mister Bollner. An Bord haben Sie Kabine 13.405; Sie erreichen Ihre Unterkunft über den Hauptschacht und ...«

»Ich kenne mich aus, Miss«, wehrte Bollner ab. »Wissen Sie, wie lange ich Deckspläne studiert habe?«

»Sie erhalten dennoch einen positronischen Pfadfinder; ein Schiff der 800-Meter-Klasse hält mehr Überraschungen bereit als...«, die nette junge Dame suchte nach einem passenden Vergleich, »... als das Gebäude von VMP Future Networks«, fügte sie hinzu.

Bollner nickte knapp. Ihm war jetzt nicht nach Reden zumute. Einige Kilometer entfernt wartete das Schiff, ein gigantischer Koloß. Schon aus der Distanz wirkte der Anblick erdrückend.

Sein Blick wanderte über den stahlblauen Himmel. Der Gleiter eines TV-Teams hing über dem Gelände, um den Aufbruch der Siedler zu dokumentieren.

»Sir!« Die nette blonde Dame mußte mehrmals rufen, bis Bollner verstand, daß er gemeint war. »Ihr Hausrat und Ihre persönliche Habe werden unmittelbar nach der Ankunft auf New Terra zur Verfügung stehen, aber ich muß Sie bitten, Ihr Handgepäck zu öffnen.«

Erst vor wenigen Wochen hatten Siedler versucht, ihre Haustiere an Bord zu schmuggeln. Mittlerweile gab es mehrere negative Beispiele, Welten, auf denen ausgewilderte Katzen massiv das biologische Gleichgewicht störten.

»Wozu das denn?«

»Es ist neuerdings Vorschrift, Sir.«
»Ich versichere Ihnen ...«
»Bitte öffnen Sie Ihr Handgepäck, Mister Bollner.«
Wie ungern er der Aufforderung nachkam, war ihm anzusehen.
Die Dame starrte erst die Flaschen an, die da zu Dutzenden lagen, dann ihn. Zwei mißbilligende Falten entstanden auf ihrer Stirn.
»Sie sind Alkoholiker, Mister Bollner?«
»Das ist nur Vurguzz.«
»Seit wann besteht das Problem?«
»Das ist alkoholreduzierter Vurguzz. Gerade mal seit vier Monaten auf dem Markt und ...«
Die Frau redete über Armbandkom mit ihrer vorgesetzten Dienststelle. Was die Einhaltung von Vorschriften und Erlassen anbetraf, waren Terraner schon immer pflichtbewußt gewesen.
Bollner sah, daß auch Ettmann bei der Abfertigung Schwierigkeiten bekommen hatte. Bei ihm war es ein Roboter, der nacheinander ein Dutzend bauchiger Flaschen zum Vorschein brachte. Ettmann grinste unsicher.
Geraume Zeit verging, und Bollner wurde zunehmend unruhiger.
»Vurguzz unterliegt ab der kommenden Woche nicht mehr den Ausfuhrbeschränkungen«, eröffnete ihm die Frau endlich. »Der Handel ist dann auf allen Welten des Solaren Imperiums gestattet.«
»Das ist doch ein Wort.« Bollner griff in seine Reisetasche, holte eine der Flaschen heraus und drückte sie der verdutzten Frau in die Hand. »Genießen Sie die Himmelstränen von Vurga«, sagte er. »Wenn Sie dazu die Augen schließen, werden Sie die Weite des Weltraums und ferne Welten schmecken.«

Auszug aus dem Wirtschaftsregister der Solaren Flotte, Unterabteilung EXPLORER (vs. Versorgung), Vermerk vom 18. April 2112:

Die Anregung von verschiedenen Seiten, insbesondere durch schriftliche Vorlage von den im Anhang namentlich genannten Kommandanten, die Versorgung vor allem der länger im Raum befindlichen Schiffe mit alkoholischen Getränken betreffend, wird aufgrund des übermäßig großen Nachfragedrucks an die Entscheidungsgremien weitergeleitet. Die Definition des Begriffes »länger« ist dabei allgemeinem Usus folgend mit »mindestens drei Monaten ununterbrochener Abwesenheit aus dem Solsystem« festzulegen.

In nichtöffentlicher Sitzung vom 12. April 2112 hat die Finanzverwaltung der Explorerflotte beschlossen, die Bordversorgung dieser Einheiten um das alkoholische Getränk VURGUZZ der Vurguzz Company aufzustocken. Eine Ausweitung des bisherigen Budgets ist damit nicht verbunden, stärker alkoholhaltige Getränke sind prozentual zu reduzieren. Es ergeht eine gesonderte Handlungsanweisung an die Magazinverwalter.

Die Beschlußfassung erfolgte nach eingehender Beratung. Ein Präzedenzfall für die Aufnahme künftiger Produkte in die Flottenversorgung soll damit nicht geschaffen werden, jedoch wird ausdrücklich festgehalten, daß die steigende Beliebtheit des Getränks VURGUZZ sowohl in Raumfahrerkreisen als auch bei der planetaren Bevölkerung nicht unberücksichtigt bleiben konnte. Bei positivem Verlauf wird separat über die Versorgung aller Einheiten der Flotte des Solaren Imperiums zu beraten sein.

Die Versorgungsdichte im Bereich der Explorerflotte wird pro angefangenen Monat terranischer Zeitrechnung mit einem Liter je Besatzungsmitglied festgelegt. Hinsichtlich

des Abgabepreises an die Flottenverwaltung lag zur Beschlußfassung ein schriftliches Angebot der Vurguzz Company vor. Dieser unterschreitet demnach den Abgabepreis an den Großhandel um zehn Prozent. Eine Mengenstaffel wird zusätzlich eingeführt und erstmals gültig bei Erreichen von zehn Millionen Litern.
Die Beschlußfassung erfolgte mit acht zu zwei Stimmen bei einer Enthaltung.

Wieder fünf Tage im Crest Memorial. Manchmal habe ich den Eindruck, daß wir für die Mediziner lebende Fossilien sind. Was wollen sie noch finden? Die Telomere sind unverändert; Helen und ich fühlen uns so frisch wie vor fünf Jahren, als hätte es den enormen Erfolgsdruck und unsere zeitweise fast übermenschliche Arbeitszeit nicht gegeben.
Der Erfolg zeichnet sich ab. Inzwischen wird Vurguzz nicht nur in den Raumfahrerkneipen getrunken, auch der private Verbrauch steigt. Der Versorgungsvertrag mit der Explorerflotte wird von den Medien ausgeschlachtet. Dabei kommt uns zugute, daß Sauregurkenzeit herrscht. Es gibt kaum interessante Themen; über den Bau der Raumstationen, die als Vorposten außerhalb der Milchstraße stationiert werden, wurde immer wieder berichtet.
Helen und ich sind glücklich. Gestern haben wir endgültig beschlossen, nachdem der Vurguzz-Verkauf läuft, auch unser Privatleben zu regeln. Wir werden heiraten. Nein, wir schließen keinen einfachen Ehevertrag ab, wie sie derzeit in Mode kommen; wir wollen altmodisches Standesamt und Kirche. Die Trauzeugen wissen noch nichts von ihrem Glück, aber ich kann mir vorstellen, daß Gucky und Reginald Bull nicht ablehnen werden. Wir müssen nur einen geeigneten Termin finden und mit ihnen abstimmen.
Übermorgen fliegen wir aber zunächst wieder nach Vurga.

Mindestens sechs Wochen lang werden wir fort sein und Vurga-Beeren pflücken. Einerseits freue ich mich schon darauf, andererseits sind Helen und ich angebunden. Das gentechnische Gutachten, das wir privat in Auftrag gegeben haben, ist heute eingetroffen: Alles, was wir schon wußten, wird nochmals bestätigt. Der Verwesungsprozeß der Beeren beginnt mit dem Pflücken und wirkt sich auf jede Art der Verarbeitung aus. Wenn der Vurguzz qualitativ hochwertig bleiben soll, und da gibt es überhaupt keine Diskussion, werden Helen und ich weiterhin Sklaven unserer eigenen Arbeit bleiben.
Das Gutachten kommt zu dem Schluß, daß die genetische Veränderung mit großer Wahrscheinlichkeit vererbbar ist. Aber davon will Helen vorerst absolut nichts hören. Ein paar Jahre noch, meint sie, damit wir die drückendste Schuldenlast tilgen können.
Aus Frank Sattros' persönlichen Aufzeichnungen

Zusätzliche Tanks in der oberen Kugelhälfte der VURGA, mit einem Fassungsvermögen von weiteren zwei Millionen Litern, sorgten für eine optimale Auslastung des Schiffes. Trotzdem würde Vurguzz ein rares Getränk bleiben. Knapp 39 Millionen Flaschen brachte jeder Flug in den Handel, mehr als sechs Flüge im Jahr waren vorerst noch schwer zu realisieren. Rein rechnerisch bedeutete dies, daß nur fünf Prozent der Erdbevölkerung mit Vurguzz versorgt werden konnten, von der steigenden Zahl der Siedlerwelten ganz zu schweigen.
Ein Gutes hatten solche Berechnungen: Um die Exklusivität des Vurguzz brauchte sich niemand zu sorgen, um den Absatz ohnehin nicht.
Die Nachricht, daß eine der Stationen am Rand der Milchstraße angegriffen und zerstört worden war, erreichte Frank

und Helen noch auf Vurga. Die Brisanz des Geschehens war nicht abzuschätzen.

»Was kommt auf uns zu?« sinnierte Frank Sattros, als Helen und er in ihren Kojen lagen und den arbeitsreichen Tag auf Vurga Revue passieren ließen.

»Ich weiß es nicht«, antwortete Helen zögernd. »Ich vermute nur, daß wir auf Gucky und Reginald Bull als Trauzeugen werden verzichten müssen.«

»Sollen wir verschieben?«

»Kommt überhaupt nicht in Frage. In der Hinsicht bin ich abergläubisch.«

»Dann müssen wir die beiden eben ersatzweise zu Taufpaten machen«, murmelte Frank. »Gucky für den Jungen und Bully, ich glaube, er hat Mädchen lieber ...«

Mehr verstand Helen nicht, weil sie mit einem Knopfdruck die schalldämmende Barriere zwischen ihnen aufrichtete. Franks herausforderndes Grinsen ignorierte sie ebenfalls. Obwohl er im Grunde genommen recht hatte. Sie wurden beide nicht jünger – aber sie alterten auch nicht so schnell, wie es eigentlich hätte der Fall sein sollen. Einige Jahre konnten sie sich wirklich noch Zeit lassen.

Anfang Juli weilten Perry Rhodan und Reginald Bull im Kristallpalast auf Arkon, und Mausbiber Gucky war für das Solare Imperium im Einsatz. Allerdings hatte sich Amanda Singh bereit erklärt, als Trauzeugin zu fungieren, und mit ihr ein Mann des Finanzministeriums, den Homer G. Adams geschickt hatte. Die Medien waren ebenfalls vertreten, natürlich hatten sie von der Hochzeit im kleinen Kreis Wind bekommen.

Die Hochzeitsreise führte hinaus in die Galaxis; vier Wochen zu den Schönheiten des Orion-Arms. Dunkelwolken, Ringnebel, all das, wovon die meisten Menschen nach wie vor nur träumen konnten. Der Rückweg ging über

Vurga, und als die Kaulquappe nach rund dreieinhalb Monaten wieder in Terrania landete, wurde der neue Vurguzz-Import schon sehnsüchtig erwartet.
»Wir können die Preise erhöhen«, stellte Frank zufrieden fest, aber doch mehr im Spaß. »Nur drei oder vier Soli pro Flasche, schließlich haben wir das Monopol.«

Sohn Merlin Guck Sattros wurde am 14. Oktober 2198 geboren. Zu dem Zeitpunkt war Frank bereits 125 Jahre alt, fühlte sich körperlich aber wie ein Endvierziger. Helen erging es nicht anders. Zum wiederholten Mal bestätigten medizinische Tests, daß ihr Gefühl nicht trog; sie waren auf dem besten Weg, sehr alt zu werden.
Was wäre geeigneter gewesen, für Vurguzz zu werben? Doch das alkoholische Getränk hatte sich längst zum Selbstläufer entwickelt, und die Nachfrage überstieg die Produktion um ein Vielfaches.
Auf Vurga war eine kleine Station errichtet worden. Frank und Helen Sattros verwirklichten ihren Traum vom eigenen Paradies, sie blieben inzwischen oft bis zu einem halben Jahr auf Vurga, während die Kaulquappe ununterbrochen Frachtflüge absolvierte.
Die Kredite waren längst zurückgezahlt, Guckys Kapitalbeteiligung bestand weiter. »Ich bringe mich doch nicht selbst um die Anlage meines Lebens«, hatte er grinsend verkündet. »Helen, Frank, was würdet ihr an meiner Stelle tun?«
Von seinem letzten Urlaub hatte der Ilt drei Wochen auf Vurga verbracht und es sich nicht verkneifen können, ein klein wenig in Helens Gedanken zu spionieren. Sie hatte so verändert gewirkt, glücklicher noch als sonst. Deshalb war er vorbereitet gewesen, als Frank und Helen ihn vier Wochen vor dem Geburtstermin in seinem Bungalow am

Goshun See aufgesucht und gebeten hatten, die Patenschaft zu übernehmen.
Merlin Guck Sattros. Welches Kind konnte schon von sich behaupten, in der Wiege telekinetisch geschaukelt worden zu sein?
Zum ersten Geburtstag teleportierte Gucky mitten hinein in die Festgesellschaft. Unter jeden Arm hatte er sich eine metergroße Plüschfigur geklemmt – Ebenbilder seiner selbst, wie sie seit Jahren der absolute Renner waren. Beiderseits der Wiege plazierte er die Figuren.
»Sag Gucky!« forderte er Merlin auf.
»Bully«, brachte der Kleine hervor, was den Mausbiber zu einem Naserümpfen veranlaßte und Reginald Bull zu einem hämischen Feixen. Auch er gehörte zu den Gratulanten.
Gucky revanchierte sich, als Merlin aufgeregt mit beiden Ärmchen auf den Tisch trommelte und dabei in die Geburtstagstorte schlug. Sahne spritzte nach allen Seiten und traf Reginald Bull mitten ins Gesicht.
Das an sich wäre noch ganz lustig gewesen, aber dann erschienen weitere Mausbiber, jeder von ihnen ebenfalls mit einer Plüschfigur im Schlepp. Iltu und Ooch, Wullewull und der dicke Gecko brachten es fertig, die Feier langsam, aber sicher in ein geordnetes Chaos abgleiten zu lassen.
Merlin entwickelte sich prächtig. Helen und Frank schafften es, nicht zuletzt dank Guckys Hilfe, ihn vor allzu großer wissenschaftlicher Neugierde abzuschotten. Letztlich wollten sie aber selbst Gewißheit haben. Als Merlin sieben Jahre alt war, bewiesen detaillierte Untersuchungen seine genetischen Veränderungen. Merlin fühlte sich auf Vurga wohl. Die Beeren, die er pflückte, zeigten ebenfalls keine Verfallserscheinungen.
Zweieinhalb Jahre zogen sich die Verhandlungen mit dem Parlament des Solaren Imperiums hin, danach wurde die

Vurguzz Company Eigentümer des Planeten Vurga. Über die Kaufsumme herrschte Stillschweigen, doch die Medien überschlugen sich mit Spekulationen.
Merlin war gerade sechzehn Jahre alt, als seine Schwester Amy geboren wurde. Amy Reginald Sattros. Auch ihre Zellschwingungen beeinflußten den Verfallsprozeß der Vurga-Beeren.
Die Periode des Friedens und des Aufbaus hatte Bestand. Die unsichtbaren Laurins waren besiegt, terranische Raumschiffe besuchten regelmäßig die Hundertsonnenwelt der Posbis im intergalaktischen Leerraum. Die positronisch-biologischen Roboter, denen der Sieg über die Unsichtbaren zu verdanken war, erwiesen sich als treue Verbündete des Solaren Imperiums.
Nach einer fundierten Ausbildung und dem Studium der Genetik trat Merlin endlich in die Vurguzz Company ein, obwohl es eine Zeitlang so ausgesehen hatte, als wolle er sich in der freien Wirtschaft verdingen. Schwester Amy folgte Jahre später seinem Beispiel.
Die Company konnte ihren Ausstoß mehr als verdoppeln. Amy veranlaßte, daß auf Vurga eine eigene Produktionsstätte errichtet wurde, was die Neuverschuldung noch einmal in die Höhe trieb. Zu allem Überfluß ließ die VURGA Alterserscheinungen erkennen, die zunehmend Probleme brachten. Teure Reparaturen und Ausfallzeiten wurden unumgänglich. Trotz des Firmennamens Vurguzz war die *Interstellar Banking Association* nicht mehr gewillt, die Kreditlinie weiter anzuheben.
Acht Monate lag die VURGA im Dock. Teure Raumschiffstonnage mußte gechartert werden, die kaum Gewinne übrigließ. Erst als Homer G. Adams einen Überbrückungskredit zur Verfügung stellte, geriet die finanzielle Schieflage wieder ins Lot.

Zur Jahrhundertwende erstrahlte der Name Vurguzz in hellerem Glanz als jemals zuvor.
Der Transitionsantrieb der VURGA war während der Reparaturarbeiten gegen ein Lineartriebwerk ausgetauscht und das gewonnene Volumen mit Zusatztanks aufgefüllt worden. Außerdem stand inzwischen ein zweiter 60-Meter-Kugelraumer zur Verfügung.
Anno 2311 starb Frank Sattros. Sein Leichnam wurde auf Vurga beigesetzt, in unmittelbarer Nähe des längst vom Dschungel verschluckten Wracks der EX-313. Es war sein Wunsch gewesen. Fünfzehn Jahre später folgte ihm Helen.

Morgen ist die Zukunft

Kapitel 11

Springer-Angriff

»Das wagst du nicht!« stieß Springerpatriarch Wettan völlig entgeistert hervor. »Überlege es dir gut, ob du dich mit mir anlegen willst.«
Er war ein Hüne von 2,20 Metern. Das blutrote Haupthaar hing ihm, im Nacken zusammengefaßt, bis über die Schulterblätter, aber noch imposanter wirkte sein knapp einen Meter langer Vollbart. Er hatte ihn zu drei Zöpfen geflochten und mit Gel gestärkt. Die Zöpfe standen von ihm ab wie Dolche.
Der Springerpatriarch starrte sein Gegenüber aus schwarz geränderten Augen an.
Morgam machte einen Schritt rückwärts und gleich darauf noch einen. Er wirkte zu Tode erschrocken, als der Springer nachsetzte und ihn mit blitzschnellem Griff am Kragen packte. Im nächsten Moment zappelten seine Beine ins Leere, weil Wettan ihn mit ausgestrecktem Arm hochhob.
Das kantige, gegerbt wirkende Gesicht des Patriarchen glich sich im Farbton rasend schnell dem Bart an.
»Wiederhole, was du gesagt hast!« fauchte Wettan. »Ich habe im Orbit zwanzig Schiffe, und eine halbe Fracht ist für deine Kneipen bestimmt. Oder hast du schon vergessen, welche Köstlichkeit Ruu-Scha-Jiin vom Aldebaran ist?«

Er stellte den kleineren Morgam so unsanft auf die Beine zurück, daß der Eindruck entstand, er wolle ihn ungespitzt in den Boden schlagen.
»Also noch mal: Wo soll die Ladung gelöscht werden?«
»Keines deiner Schiffe wird landen, Wettan. Drücke ich mich wirklich so undeutlich aus?«
Die Mundwinkel des Springerpatriarchen begannen verdächtig zu zucken; kantig traten seine Wangenknochen hervor. Morgam, diese räudige kleine Filzlaus, wagte es, ihm zu widersprechen. Wettan konnte das nicht glauben. Er begann zu lachen, starrte den Halunken an und platzte gleich darauf dröhnend heraus.
»Köstlich«, prustete er. »Du hast Humor, Morgam – aber nun reicht es.«
Abrupt verstummte sein Lachen. Morgam, der Herr über hundert Kneipen, hatte die Hände hinter den Bauchgurt gehakt und einen verborgenen Kontakt berührt. Ein sich aufbauender Individualschirm machte ihn nahezu unangreifbar. Der Kerl mußte wirklich verrückt sein, denn die Wettan-Sippe hielt man nicht zum Narren. Irgendwann würde er den Schutzschirm wieder abschalten müssen, und dann ...
»Wenn du mir Besseres bieten kannst, Wettan, kommen wir wieder miteinander ins Geschäft.«
»Was du nicht sagst. Besseres? Was glaubst du eigentlich, wer du bist? Wer hat dafür gesorgt, daß du aus deinem miesen Dreckloch ans Licht kriechen durftest? Wettan. Wer hat dir mehr Rabatt eingeräumt als andere Händler? Richtig: wieder Wettan. Wer beliefert dich nun? Bei allen Dunkelwolken der Galaxis, ich will es wissen.«
»Es sind Terraner«, sagte Morgam.
»Terraner?« Wettan wollte es nicht glauben. »Diese widerlichen Emporkömmlinge, die sich anmaßen, galaktische Geschichte zu schreiben? Was liefern sie dir?«

Er ahnte die Antwort, noch ehe Morgam sie aussprach.
»Vurguzz!«
Der Springerpatriarch spie aus. »Ich dulde nicht, daß du unseren Vertrag brichst«, schnaubte er. »Weißt du, was wir Springer mit solchen Leuten machen?« Die Geste, wie er sich an den Hals faßte, war unmißverständlich.
»Wir haben nichts als eine lose Vereinbarung miteinander, das ist alles. Was kann ich dafür, wenn keiner mehr Ruu-Scha-Jiin trinken will? Vielleicht hättest du dich rechtzeitig umstellen sollen, Springer. Oder sagt man euch den Geschäftssinn umsonst nach?«
»Du, paß bloß auf!« Wettan stürzte unbeherrscht nach vorne. Er riß den Nadler aus dem Holster. Drei oder vier Mikro-Sprengladungen punktgenau in den Schirm gejagt würden dessen Zusammenbruch herbeiführen.
Er kam nicht mehr dazu, abzudrücken. Zwei Kampfroboter tauchten scheinbar aus dem Nichts heraus auf, eine stählerne Klaue umklammerte seinen Nadler und verbog den Lauf der Waffe.
Natürlich hatte Morgam nicht gewagt, ihm ohne Schutz entgegenzutreten. Die Roboter hatten sich hinter einem Deflektorfeld verborgen gehalten.
Wettan wußte, wann es Zeit war, den Rückzug anzutreten. Er wußte auch, daß es immer eine zweite Chance gab. Andernfalls hätte er es nie geschafft, sich zum Patriarchen seiner Sippe aufzuschwingen.
»Der Tag ist nicht fern, an dem du mich auf den Knien anflehen wirst, dich zu beliefern«, stieß er hart hervor. »Aber den Preis bestimme dann ich.«
»Ist das alles, was du mir zu sagen hast?«
Wettan machte auf dem Absatz kehrt. Wütend stapfte er durch den riesigen Basar, der als eine der Attraktionen dieses Planeten galt. Akonen, Arkoniden und Aras waren

hier ebenso zugegen wie Topsider, Ekhoniden und Unither. Der Springerpatriarch bahnte sich seinen Weg mit dem Zartgefühl einer Dampfwalze. Er spielte kurze Zeit mit dem Gedanken, seiner Flotte den Angriff zu befehlen. So wie Morgam machte man keine Geschäfte mit einer Springersippe. Aber zweifellos würde ein solches Vorgehen zur Konfrontation mit Akon, der Schutzmacht des Planeten, führen. Um den Akonen zu widerstehen, fühlte sich Wettan dann doch zu schwach.

»Vurguzz.« Verächtlich stieß der Patriarch das Wort hervor. »Ich möchte den Terranern eigenhändig den Hals umdrehen. Gibt es noch eine Sippe, die nicht schon mit diesen Emporkömmlingen aneinandergeraten ist?«

Ächzend hatte er sich in seinen Sessel fallen lassen und lehnte dort seit Minuten bewegungslos. Ein Naat trug ihm eine mit rotem Fell ausgekleidete Platindose nach. Mit spitzen Fingern griff Wettan zu und entnahm ihr eine Prise des gemahlenen Knochenextraktes der Tschu-Wiijn. Diese parapsychisch begabten Tiere eines unbedeutenden Planeten im galaktischen Zentrumsbereich waren in den letzten dreißig Jahren fast ausgerottet worden. Entsprechend unerschwinglich war der Preis für diesen Extrakt. Aber daran störte sich der Springerpatriarch wenig, solange für ihn genügend abfiel. Geräuschvoll stopfte er sich die Prise in die Nasenlöcher.

Das Blut pulsierte heiß durch seine Adern. Tschu-Wiijn-Extrakt erweiterte die Sinne in einem Maß, das nicht einmal die Aras erklären konnten. Als Wettan dröhnend zu lachen begann, zuckten die Männer und Frauen der Zentralebesatzung heftig zusammen. Sie fürchteten sich vor ihm.

»Überspielt die Aufzeichnungen!« polterte er los. »Ich will alle Daten haben, die uns über Vurguzz vorliegen.«

Er sah nicht mehr nur die Körper, sondern auch die Energien, die ihnen innewohnten. Wie ein flackernder Strahlenkranz hüllten sie den einen großflächig ein, den anderen weniger intensiv. *Lebensaura* nannte Wettan die Erscheinung, die deutlicher wurde, je intensiver der Tschu-Wiijn-Einfluß ausfiel. Er hatte gelernt, diese Aura zu deuten, ihr Flackern, die Intensität und ihre Färbung.
Im Augenblick, das stellte er zufrieden fest, herrschte Loyalität. Obwohl die Geschäfte schlecht liefen. Drei seiner Schiffe hatten ihre Ladung noch immer nicht löschen können, weil die Abnehmer es offenbar vorzogen, auch Konkurrenzprodukte einzukaufen. Keiner außer Morgam hatte das zwar zu sagen gewagt, doch Wettan hatte die Zurückhaltung gespürt.
In den Nobelrestaurants von Plophos ging der Umsatz erlesener Spitzenweine von der dritten Welt der roten Doppelsonne Pogdhan-Muhr zurück. Um fünf Prozent bisher. Das war noch kein Dolchstoß, aber für Wettan hieß es, den Anfängen zu wehren. Die Frage nach der Ursache war leicht beantwortet, weil seit kurzem auch auf Plophos das grüne Getränk der Terraner gesellschaftsfähig geworden war.
Der Patriarch stieß ein Grollen wie ein gereizter Haluter aus. Er wünschte, die verfluchten Terraner hätten in der Nachbargalaxis Andromeda ihre Niederlage erhalten wie vor 50.000 Jahren die Lemurer im Krieg gegen die Haluter. Statt dessen hatten sie die Ausfuhrbestimmungen gelockert und trieben rechtschaffene Springersippen an den Rand der Existenz.
»Wir müssen alle Sippen vereinen und gegen die Terraner losschlagen«, grollte der Patriarch. »Ist das zuviel verlangt?«
Er stopfte sich noch eine Prise in die Atemwege. Die Droge

vertrieb jedes Zaudern.

Die Aufzeichnungen zeigten Ausschnitte galaktischer Nachrichtensendungen. Die Signets aller bedeutenden Völker waren vertreten.

Wettan mußte sich eingestehen, daß er den Vurguzz unterschätzt hatte. Das Zeug war wie eine sich unaufhaltsam ausbreitende Seuche – unmerklich erst, doch aus kleinen Liefermengen, über die er nur spotten konnte, wurden rasch größere.

Ein Bild war durch die Galaxis gegangen: Maahks und Terraner in Frieden vereint. Sie hatten sich zwar nicht direkt die Hände schütteln können, denn die Wasserstoff-Ammoniak-Methan-Atmosphäre war für Sauerstoffatmer tödlich und umgekehrt, doch trotz ihrer Schutzanzüge war das Bild nicht weniger dramatisch gewesen. Was erst Monate später bekanntgeworden und zuerst für einen Promotiongag gehalten worden war: Die Diplomaten der Maahks und der Menschen hatten gemeinsam auf den Sieg der Vernunft angestoßen. Mit Vurguzz.

Wettan hielt es noch immer für ausgeschlossen, daß der fremdartige Metabolismus der Methanatmer das grüne Zeug vertragen hatte. Doch falls dem wirklich so war, hatte er die Konkurrenz unterschätzt. Ein nahezu unverzeihlicher Fehler.

Die Aufnahme stammte aus dem Jahr 2407 terranischer Zeitrechnung. Was danach folgte, war überwiegend uninteressant: Werbespots aus Raumfahrerkneipen, Dokumentationen von Bord einiger Schiffe der Flotte des Solaren Imperiums.

Erst ein Wirtschaftsmagazin vom Juni 2433, also gerade ein halbes Jahr alt, brachte die brisanten Daten, die Wettan herbeigesehnt hatte. Die Vurguzz Company war nach wie vor ein privates Unternehmen, das sich auf die Herstellung und

den Vertrieb des alkoholischen Getränks in verschiedenen Variationen spezialisiert hatte. Seit über dreihundert Terra-Jahren im Familienbesitz, hatte die Firma eine stete Aufwärtsentwicklung genommen und war dennoch längst nicht in der Lage, alle potentiellen Auftraggeber zufriedenzustellen.

Merlin Guck Sattros war Geschäftsführer in der zweiten Generation und entschuldigte sich wortreich dafür, daß Vurguzz eben ein Naturprodukt sei, das nur unter erschwerten Bedingungen geerntet und verarbeitet werden könnte.

»Es gibt für alles Roboter«, wandte der Moderator der Sendung ein. *»Obwohl die Vurga-Beeren als Grundstoff bis heute nur auf einer einzigen Welt gewonnen werden, könnten doch spezielle Maschinen die Erntearbeiten übernehmen.«*

»Roboter kommen dafür nicht in Betracht, ebensowenig andere menschliche Arbeitskräfte. Sobald die Vurga-Beeren geerntet werden, beginnt ein biochemischer Zerfallsprozeß, der ihre Qualität deutlich mindert. Nur wir Mitglieder der Sattros-Familie können aufgrund einer besonderen genetischen Veranlagung die Beeren ernten. Darüber wurden inzwischen ein Dutzend Dissertationen geschrieben.«

»Niemand war in der Lage, die genetischen Veränderungen nachzuvollziehen?«

»So ist es.«

»Die Vurguzz Company ist also eine der wenigen Firmen im Bereich des Solaren Imperiums, in denen die Inhaber wirklich noch mit Hand anlegen.« Der Sprecher sagte es mit einem schwer zu identifizierenden Unterton. Fast schon schwang Belustigung in seiner Stimme mit. *»Trotzdem, Mister Sattros, könnten Sie Ihren Umsatz deutlich steigern, wenn Sie – ich hoffe, ich verstehe Sie hier richtig – eine geringere Qualität in Kauf nehmen würden. Ich glaube,*

all jene Freunde eines guten Tropfens, die oft vergeblich in den Regalen nach Vurguzz suchen, würden Ihnen das verzeihen.«

Indigniert zog Merlin seine Augenbraue hoch. *»Trinken Sie Vurguzz?«*

»Natürlich.«

»Warum?«

Diese Frage brachte den Moderator für einen Augenblick aus dem Konzept.

»Weil mir die Himmelstränen von Vurga schmecken«, antwortete er zögernd.

»Nicht etwa, weil Sie möglicherweise hoffen, Vurguzz sei so etwas wie ein Lebenselixier?«

»Das auch. Natürlich – ich gebe es zu.«

»Aber eine solche Aussage wurde von der Vurguzz Company nie gemacht.«

»Das war auch nicht nötig«, bemerkte der Moderator. *»Daß Sie vor zwei Monaten Ihren 235. Geburtstag feierten, wissen fast alle.«*

»... ein Erfolg der fortschrittlichen Medizin und der großartigen Lebensbedingungen. Im übrigen werden heutzutage die Menschen allgemein älter als noch vor wenigen Jahrhunderten.«

»Vielleicht ein Erfolg Ihres Vurguzz, Mister Sattros? Irgendwann hat doch jeder schon ein Fläschchen getrunken.«

Mit einer herrischen Handbewegung unterbrach Wettan die Wiedergabe.

»Das ist kein Wirtschaftsmagazin«, stieß er zornig hervor, »sondern eine psychologische Werbesendung. Wer das gesehen hat, will nur noch Vurguzz. Die Terraner haben gut von uns gelernt, nun müssen *wir* bald um unsere Existenz kämpfen. Bei den Göttern von Rusuma, das werden wir uns nicht gefallen lassen. Wir werden kämpfen!«

Plophos, der dritte Planet der Sonne Eugaul, galt als einer der wichtigen Stützpunkte des Solaren Imperiums, obwohl die Plophoser sich als erste Menschen in einer offenen Rebellion gegen die Erde gewandt hatten. Aber nach dem Sturz des Diktators Iratio Hondro anno 2329 hatten sich die politischen und wirtschaftlichen Beziehungen wieder normalisiert.
Die HELEN, nach der VURGA das zweite 60-Meter-Schiff der Vurguzz Company, hatte Plophos als letzte von mehreren bedeutenden Welten angeflogen und den Rest ihrer Ladung gelöscht. Neues Ziel des Frachters war Vurga, dort warteten bereits 40 Millionen Flaschen Vurguzz auf den Transport zur Erde.
Zwei Stunden nach dem Start, kurz bevor die HELEN in den Linearraum ging, zeigten die Sensoren auftreffende Ortungsimpulse. Ein Springerschiff näherte sich von jenseits der Bahn des achten Planeten.
Felicia Calhoun, die Kommandantin der HELEN, registrierte die flüchtige Begegnung als unbedeutend. Mit millionenfacher Lichtgeschwindigkeit raste der Frachter durch die Librationszone, die Dimension zwischen Einstein- und fünfdimensionalem Hyperraum. Der Reliefstrahl zeichnete das energetische Abbild einer orangefarbenen Sonne als Zielstern.
Nach wenig mehr als sieben Stunden erfolgte der erste Orientierungsaustritt. Voraus erstreckte sich über mehrere Lichtmonate eine Region schleierartig verteilter Dunkelmaterie. Von dort kamen hyperenergetische Ortungsimpulse.
Zwanzig Minuten später materialisierten zwei Springerwalzen nur wenige Lichtminuten hinter der HELEN.
»Wir werden gescannt.«
Ab dem Moment glaubte Felicia Calhoun nicht mehr

an einen Zufall.
»Die automatische Funkortung hat einen Rafferimpuls aufgezeichnet«, meldete der Funker Stunden später während der zweiten Überlichtetappe. »Auf einer ungewöhnlichen Frequenz. Es hat den Anschein, als wäre die Sendung für die Springer bestimmt gewesen.«
»Dechiffrierung?«
»Zwei Buchstabengruppen, deren Bedeutung nicht zugeordnet werden kann. Ich vermute, daß es ein Peilimpuls ist.«
»Von welchem Ausgangspunkt?«
»Unbekannt, muß aber in unserer Nähe sein.«
Felicia Calhoun schürzte die Lippen. Hyperfunkimpulse ohne feststellbaren Absender erfüllten sie mit Mißtrauen. Das mochte immer noch Folge eines Traumas sein, das sie während ihrer Flottenausbildung erlitten hatte, als Blues überraschend das Schulschiff angegriffen hatten. Auch damals waren Minuten zuvor unidentifizierbare Peilimpulse empfangen worden. Die Folge waren einige Dutzend Tote und Verletzte und ein halb zerstörtes Schiff gewesen. Noch heute wachte Felicia manchmal mitten in der Nacht schweißgebadet und um sich schlagend auf, weil sie wieder die Explosionen der Torpedos, das Prasseln energetischer Entladungen und die Todesschreie der Kameraden zu hören glaubte. Wenige Minuten nur, doch sie waren die Hölle gewesen.
Unmittelbar nach dem Rücksturz der HELEN in den Einsteinraum wurde abermals ein Rafferimpuls aufgefangen. Die verwehenden Streufelder der Kompensationskonverter, die der Stabilisierung während des Fluges im Zwischenraum und der Vermeidung eines Schocks beim Wiedereintritt (ähnlich dem Transitionsschock bei Sprungtriebwerken) dienten, überlagerten den Impuls weitgehend.

»Identische Amplitudenführung«, meldete der Funker. »Dauer dreieinhalb Nanosekunden. Der Richtimpuls ist kaum zu erfassen, wären wir nicht darauf vorbereitet gewesen.«

»Peilung?«

Der Funker schüttelte den Kopf. »Kein klares Ergebnis. Aber der Empfang unmittelbar nach dem Wiedereintritt gibt zu denken. Entweder handelte es sich zufällig wieder um den letzten Impuls in einer Reihe gleichgeschalteter, oder ...« Seine Stimme war nachdenklich geworden, er hatte nicht mehr so schnell gesprochen wie zuvor.

»Sagen Sie es ruhig«, forderte die Kommandantin. »Ich nehme an, wir sind zu dem gleichen Schluß gekommen.«

Der Funker schnappte nach Luft wie ein Fisch auf dem Trockenen. » ...oder der Sender befindet sich an Bord der HELEN!«

»Außenbords«, nickte Felicia Calhoun. »Was glauben Sie, wer auf diese Weise die Position von Vurga bekommen will?«

»Die Springer?«

»Nehmen wir das einfach als gegeben an.«

Vurga lag nur noch zweitausendachthundert Lichtjahre entfernt. Vier Stunden lang suchte ein Außenteam den Rumpf des Frachters nach einem versteckten Hyperfunksender ab. In miniaturisierter Bauweise mochte das Gerät die Größe von zwei oder drei Getränkedosen haben, kaum mehr. Jeder Einschnitt im Rumpf kam als Versteck in Frage.

Am größten erschien die Wahrscheinlichkeit, im Bereich der Bodenschleuse fündig zu werden. Auch die Auflageteller der Teleskoplandestützen boten eine ausreichende Befestigungsfläche. Vor allem hätte jeder Hafenarbeiter den Sender dort schnell und unauffällig anbringen können.

Die Suche verlief ergebnislos. Erst als die Kommandantin

schon den Befehl zum Einschleusen geben wollte, wurde endlich einer der Roboter fündig. Er spürte den Sender zwischen den Kühlschlangen des Impulsgeschützes auf. Schenkeldick waren die beiden Spiralen an der Projektormündung ineinander verflochten. Vor ihrem Eintritt in die Geschützkuppel hing der Sender zwischen den Strängen, in Form und Farbe so angeglichen, daß er mit bloßem Auge fast nicht entdeckt werden konnte.

»Die Springer wollen Vurga – sie sollen ihren Planeten bekommen.«

Felicia Calhoun ließ die Hauptpositronik die Sternkarten nach einem halben Dutzend Parameter durchsuchen. Das Ergebnis waren vierunddreißig große Sonnensysteme in einer Entfernung bis zu achttausend Lichtjahren. Sie entschied sich für einen roten Riesenstern mit dreiundzwanzig Planeten auf teilweise exzentrischen Umlaufbahnen. Keine dieser Welten bewegte sich innerhalb der Ökosphäre, in dem Bereich existierten nur zwei ausgedehnte Asteroidengürtel. Die Planeten selbst waren entweder glutflüssige, aber zumindest unerträglich heiße Felsbrocken oder in ewigem Eis erstarrt. Die Abweichung zum bisherigen Kurs der HELEN betrug lediglich acht Bogenminuten.

Mit dem Rücksturz des Frachters in dieses unwirtliche System wurde der Peilsender wieder aktiv. Danach ließ die Kommandantin den Sender entfernen.

»Sobald sie den Betrug bemerken, werden die Springer fluchen wie Raumtramps«, grinste der Funker. »Dann möchte ich nicht in ihrer Nähe sein.«

Felicia Calhoun zuckte mit den Schultern. »C'est la vie«, murmelte sie und dachte dabei an Roi Danton, den König der Freihändler. Auf der FRANCIS DRAKE hatte sie zweieinhalb Jahre unter seinem Kommando gearbeitet und Tricks gelernt, die nur wenige Kommandanten draufhatten.

Daß Danton sie einfach hatte gehen lassen, wunderte sie heute noch. Er war ein Mann, den sie nicht richtig einzuschätzen wußte. Nur eines glaubte sie sicher zu wissen: Roi Danton würde Geschichte schreiben.

Merlin genoß die letzten Strahlen der untergehenden Sonne. Der Sommer auf der Nordhalbkugel ging zu Ende, und die Luft roch bereits nach der beginnenden Regenzeit. Da Merlin fast sein ganzes Leben auf Vurga verbracht hatte, konnte er den Witterungsumschwung riechen. Es gab nur zwei Jahreszeiten, den Sommer und die etwas kürzere Regenperiode, aber jede hatte ihren eigenen, ganz besonderen Reiz. Ein Meer aus Orange und Rot, aufgetragen vom Pinsel eines surrealistischen Malers, prägte den westlichen Horizont. Unaufhörlich mischten sich die Farben neu, durcheinandergewirbelt von den gegenläufigen Luftströmungen in der oberen Atmosphäre. Im Osten hing der pockennarbige blaue Mond schon eine Handbreit über dem Gebirge.
Kinderlachen schreckte Merlin Guck Sattros aus seinen Gedanken auf. Piu und Edward, seine Enkel, tobten unter dem künstlichen Wasserfall, der die Wohngebäude voneinander trennte. Piu war neun und ein aufgewecktes Mädchen, das Merlin an seine Mutter erinnerte. In ihren Augen, ihrer Haltung, ihrem Lächeln glaubte er Helen zu erkennen. Edward war zwei Jahre älter und eher der in sich gekehrte, nachdenkliche Typ. Beide wuchsen auf Vurga unbeschwert auf.
Frank Sattros II, ihr Vater, erschien drüben auf der Veranda. Er winkte zu Merlin herüber. Die Häuser waren den Villen der amerikanischen Südstaaten zur Gründerzeit nachempfunden, sie strahlten einen Hauch Romantik und Abenteuer aus. Überhaupt hatte Vurga in den letzten Jahrzehnten sein Antlitz in dieser Region gewandelt. Plantagen waren

angelegt worden, quadratische Segmente, die durch schmale Straßen voneinander getrennt waren. So wurde das Pflücken erleichtert, und die Robotfahrzeuge brachten die Beeren zur Verarbeitung.

Die Fabrik lag zwanzig Kilometer entfernt im Norden. Drei Bearbeitungsgänge, von einer zentralen Positronik und mobilen Roboteinheiten gesteuert und überwacht, produzierten den Vurguzz in unterschiedlicher Intensität. Die riesigen Gärtanks waren aus meterdickem Terkonitstahl angefertigt. Ihr Fassungsvermögen von 200 Millionen Litern entsprach der Transportkapazität von etwa sieben Kaulquappen. Vier weitere Tanks für insgesamt 80 Millionen Liter befanden sich im Bau. Mit ihrer Hilfe würde es möglich sein, die Lagerdauer des Vurguzz zu erhöhen, was seinem vollen Aroma noch zugute kommen konnte.

Seit Wochen dachte Frank II laut über den Kauf eines 200-Meter-Raumschiffes der TERRA-Klasse nach, er hatte sogar schon Kontakt mit der Werft aufgenommen. Obwohl das Beschleunigungsvermögen dem der Kaulquappen unterlegen war, machten die um ein mehrfaches größere Ladekapazität und die bessere Reichweite die Investition lukrativ.

Noch gab es deshalb heiße Diskussionen, aber solange Merlin ein Wort mitzureden hatte, würde die Werft den Auftrag nicht bekommen. Merlin war der Ansicht, daß die VURGA, die HELEN und der 100-Meter-Raumer VURGUZZ BOWL als Transporteinheiten genügten. Wesentlich wichtiger erschien ihm, die Produktion zu steigern, aber das war nicht möglich, solange sie auf eigener Hände Arbeit angewiesen waren.

Vor eineinhalb Jahren, also unmittelbar nach dem Zwischenfall mit den Galaktischen Händlern, die versucht hatten, über die HELEN die Position des Planeten

herauszufinden, hatte Merlin in einem großangelegten Experiment begonnen, mittels modernster Gentechnik den Verwesungsprozeß der Beeren zu beeinflussen. Ebensogut hätte er zweihundert Millionen Solar zum Fenster hinauswerfen können. Dabei schien der Erfolg so nahe gewesen zu sein. Hybridbakterien einer neu erschlossenen Siedlerwelt, genetisch konditioniert, hatten Zellschwingungswerte ähnlich denen der Sattros-Familienmitglieder aufgewiesen. Mit diesen Bakterien waren mehrere Plantagenabschnitte vor der Erntereife besprüht worden. Dort hatten Roboter die Beeren eingesammelt mit dem Ergebnis, daß drei Wochen später der Inhalt zweier Tanks einen bestialischen Gestank verbreitet hatte. Während der Monate dauernden Tankreinigungen waren die behandelten Vurga-Sträucher regelrecht verdorrt.

Die Dämmerung zog mit Riesenschritten herauf, die Farbpalette am Horizont war düster geworden, und die ersten Sternhaufen funkelten bereits verheißungsvoll. Nur im Norden hing noch eine Aura aus Licht über dem Wald. Die Kaulquappen nahmen Fracht auf, Vurguzz in Holzfässern, aber auch einige Millionen Flaschen aus der eigenen Abfüllanlage. Die HELEN war erst vor eineinhalb Tagen gelandet und bis in den letzten Winkel mit Leergut vollgestopft gewesen. Dieses Leergut stammte diesmal nicht von der Erde, sondern aus einer obskuren Quelle und war viel billiger. Felicia Calhoun hatte ihre Beziehungen zu diesem eigenwilligen französischen Edelmann spielen lassen, der sich mit Sire anreden ließ. Merlin hatte ein einziges Mal vor drei Wochen via Hyperkom mit Roi Danton Kontakt gehabt, aber seltsamerweise sofort Vertrauen zu dem hochgewachsenen, sportlichen Mann gefaßt.

»Vive le Vurguzz!« hatte Danton triumphierend ausgerufen und ihn dabei durch ein Augenglas fixiert. »C'est mon

plaisir, Monsieur Sattros, mieux qu'un Cognac. A bientôt.«
Daran dachte Merlin, als er zu seinem Haus ging. Der Geruch nach Regen war stärker geworden, obwohl nach wie vor keine Wolke die gleißende Sternenpracht verdeckte. Die Luft war so klar, daß er den Eindruck hatte, die Sterne greifen zu können.
Ein Aufblitzen fesselte Merlins Aufmerksamkeit. Ein einzelner Stern überstrahlte plötzlich alle anderen. Eine gigantische weiße Lichtfülle war es, die sich in Gedankenschnelle ausweitete. Faustgroß wuchs der Lichtblitz im Zenit an, so grell, daß Merlin die Hände vors Gesicht schlug und dennoch das Abbild auf seiner Netzhaut nachbrannte. Allerdings erlosch die Lichtflut ebenso schnell. Zurück blieb ein rötliches Lohen.
»Mein Gott!« Merlin Guck Sattros begann zu laufen. Was er eben gesehen hatte, war nicht das Aufflammen einer Supernova gewesen, das hatte sich näher an Vurga abgespielt, vielleicht nur wenige zehntausend Kilometer über dem Planeten. Es war die Explosion eines Raumschiffs ...
Die VURGUZZ BOWL wurde in wenigen Stunden zurückerwartet. Manchmal kam es vor, daß ein Schiff eher landete als eingeplant.
Merlin erreichte den Weg aus feinem weißem Kies, der sich durch den Garten zum Haus schlängelte. Leuchtroboter schwebten über der Rasenfläche, in ihrem Schein tummelten sich die Insekten.
»Frank!« brüllte Merlin. »Frank, da muß etwas passiert sein.«
Schaurig heulte eine Sirene los. Das Wimmern kam von Norden, aus der Fabrik und von den beiden Kugelraumern. In dem Moment wußte Merlin, daß seine Befürchtungen noch untertrieben waren.
Frank Sattros II riß die Verandatür auf. »Zum Gleiter, Vater,

schnell! Wir müssen zu den Schiffen!«
Merlin hielt so abrupt inne, als wäre er gegen eine unsichtbare Wand geprallt. »Wer?« stieß er keuchend hervor.
»Ich weiß es nicht, Vater, aber die BOWL wurde angegriffen und vernichtet.« Er trug einen Empfänger im Ohr und drückte mit zwei Fingern dagegen. Trotz der paar Meter Distanz und der Dämmerung konnte Merlin erkennen, daß Frank blaß wurde. »Es sind Springer, mindestens fünfzehn große Walzenschiffe.«

»Vielleicht ist alles nur ein Mißverständnis.« Amy klammerte sich an ihre Hoffnung und ihren Glauben an das Gute in allen Intelligenzen. Sie hatte ihr Leben auf Vurga verbracht, und nun sollte das alles jäh zu Ende sein?
Stumm, die Lippen aufeinandergepreßt, schüttelte Frank den Kopf. Er konzentrierte sich auf das, was ihm von den Kommandanten der Kaulquappen gemeldet wurde.
Sogar die Kinder im Fond des Gleiters schwiegen. Mit Höchstgeschwindigkeit raste die schwere Maschine nach Norden, knapp einen halben Meter über dem Boden. Zu beiden Seiten ragten die hohen Sträucher auf, eine dunkle, bedrückende Mauer.
»Die BOWL wurde von mehreren Schiffen angegriffen und ohne Vorwarnung vernichtet. Die Walzen haben bereits die Atmosphäre erreicht.«
Das transparente Dach des Gleiters ließ die Sterne sehen. Merlin starrte in die Höhe. Eine eisige Hand wühlte sich in seine Eingeweide. Er dachte an den gewaltsamen Versuch der Springer, ihr Handelsprivileg zurückzuerobern. Die Raumschlacht im Urbtridensektor zwischen Springern und Freihändlern hatten zwar mit schweren Verlusten für die Galaktischen Händler geendet, doch seither war es immer wieder zu einzelnen Geplänkeln gekommen. Der Angriff

auf die VURGUZZ BOWL war demnach nichts als ein neues Glied in einer Kette brisanter Zwischenfälle.
Eine Leuchtspur zog über den Himmel. Eine zweite …
Der Gleiter raste an der Fabrik vorbei, hinüber zu den Landefeldern. Alle Scheinwerfer waren abgeschaltet, die mächtigen Tanks und die Hallen wirkten in der Schwärze der Nacht wie Ungeheuer aus grauer Vorzeit.
Sieben Leuchtspuren zählte Merlin inzwischen. Sie sanken in Formation herab, und dann, urplötzlich, eröffneten die Springer das Feuer. Mächtige Thermostrahlen wühlten die Atmosphäre auf und brachten die Luft entlang der Schußbahnen zum Kochen; endlos lange Sekunden schien die geballte Energie Bestand zu haben.
Jeder Einschlag war für Merlin wie ein Stich ins Herz. Feuer zerfetzte den Wald und schlug tiefe Wunden, glutende Erde wurde in die Höhe katapultiert, und der Sog der erhitzten Luft wirbelte brennendes Laub und Äste Hunderte Meter weit in die Höhe. Ein Feuerregen tobte über diesen Abschnitt der Plantagen hinweg.
Magnetisch verankerte der Gleiter im Bodenhangar der VURGA. Noch mit halb geöffnetem Außenschott hob der Raumer ab.
»Notstart!« plärrte eine Lautsprecherstimme. »Gefechtspositionen besetzen!«
Piu hatte zu weinen begonnen, Edward wirkte seltsam starr und blaß. Er schien gar nicht mehr wahrzunehmen, was rings um ihn herum geschah. Als hätte ihn das rote Flackern der Alarmsignale in seinen Bann gezogen.
»Bring die Kinder ins Beiboot!« wandte Merlin sich an Franks Frau. »Du, Amy, gehst mit ihr.«
»Kommt gar nicht in Frage.«
»Du kannst nichts tun«, schnitt Merlin seiner Schwester das Wort ab. »Die Springer haben die BOWL vernichtet, sie

werden das auch mit uns versuchen. In der Rettungskapsel habt ihr wenigstens eine Chance.«
»Was wird aus dir und Frank?«
Merlin hörte schon nicht mehr hin. Die VURGA bebte vor verhaltener Kraft, aus dem zwei Decks höher liegenden Maschinenraum durchlief ein dumpfes Dröhnen das Schiff. Mit hohen Beschleunigungswerten raste die Kaulquappe dem Weltraum entgegen.
Merlin verließ den Antigravschacht in der Zentrale unmittelbar hinter Frank. Keiner beachtete sie. Auf den Bildschirmen fiel die Nachtseite des Planeten rasend schnell zurück. Aber auch zwei Springerwalzen zeichneten sich unübersehbar ab.
»Vier, nein, fünf Schiffe folgen der HELEN.«
Feuerlohen überfluteten die Zentrale; die automatische Dämpfung der Schirme hatte sich Sekundenbruchteile zu spät aktiviert. Gleichzeitig war ein dumpfes Dröhnen zu vernehmen, das Schiff schien bis in seine innersten Verbände zu knirschen.
»Strahltreffer mittschiffs. Schirmfeldbelastung fünfzig Prozent.«
Die Absorber heulten auf, als der Pilot die VURGA aus dem Kurs zog. Noch immer raste der Frachter durch die obere Atmosphäre. Die VURGA war zwar wendiger als die schweren Einheiten der Springer, dennoch hatte sie keine Chance gegen die Angreifer. Um wenige hundert Meter verfehlten zwei Strahlbahnen das Schiff.
Sekunden später feuerte die VURGA zurück. Ein Nadelstich nur, denn ihr Thermogeschütz konnte die energiereichen Schutzschirme der Springer niemals durchdringen. Das wäre anders gewesen, hätte man die Transformkanone besessen, die schon bei den 60-Meter-Raumern der Solaren Flotte zur Standardausrüstung gehörte. Aber so ... Die

einzige Chance lag darin, den Springern hakenschlagend zu entkommen und in den Linearraum zu gehen, bevor die ersten Wirkungstreffer jeden weiteren Gedanken an Flucht zunichte machten.

Die VURGA raste in den Weltraum hinaus, folgte der HELEN mit beinahe einer Lichtsekunde Distanz. Zwei weitere Treffer erschütterten das Schiff. Das Flackern des Schirmfelds und die Strukturrisse waren deutlich zu sehen; Überschlagsenergien prasselten auf den Rumpf herab.

Mit weniger als zwanzig Kilometern Distanz raste die VURGA längsseits an einer Springerwalze vorbei. Selbst die Automatik konnte in dem Moment das Geschütz nicht nachführen, aber auch die Angreifer hatten mit dem Problem der kurzen Distanz zu kämpfen. Ihre gesamte Breitseite verfehlte die VURGA und tobte sich in den Schutzschirmen einer auf Parallelkurs fliegenden Walze aus.

»Wir schaffen es!« jubelte der Pilot. »Vierzig Sekunden brauchen wir noch …«

Viel zu langsam noch für den Übertritt in den Linearraum, die Aktivierung der Kalups würde sich zum Crashtest entwickeln. Aber das war die einzige Möglichkeit. Soeben tauchten fünf weitere Springerraumer hinter dem Rund des Planeten empor, sie waren verdammt schnell und lagen auf Kollisionskurs.

»Alle verfügbare Energie auf die Triebwerke!«

»Das halten die Umwandler nicht aus. Wir beschleunigen bereits mit Überlast.«

»Für wie lange?«

»Die Verdichterkammern werden schmelzen. Zehn Sekunden, allerhöchstens zwölf.«

»Mehr Zeit bleibt uns ohnehin nicht.«

Noch zwanzig Sekunden bis zum Übertritt. Die Distanz zur

Phalanx der Springer verringerte sich zusehends.
»Haben wir Kontakt?« wandte Merlin sich an den Funker.
»Negativ.«
»Antwort von der Solaren Flotte?« Er konnte sehen, daß ein Notruf auf Endlosschleife wiederholt wurde. Die Sendeleistung war ausreichend, um noch in einigen hundert Lichtjahren Entfernung empfangen zu werden – falls die Springer keine Störfelder aufgebaut hatten. Auch die HELEN funkte auf den Flottenfrequenzen.
Merlin Sattros erinnerte sich daran, daß die Solare Flotte im Urbtridensektor nicht eingegriffen hatte. Warum, das hatte nicht nur er sich lange Zeit gefragt. War das zwiespältige Verhältnis des Solaren Parlaments zu den Freihändlern ausschlaggebend gewesen, oder hatte dieses Nichteingreifen die einzige Möglichkeit bedeutet, einen drohenden Waffengang mit den Springern zu vermeiden? Die Folgen eines Krieges hätten katastrophale Ausmaße annehmen können.
Die HELEN verschwand von den Schirmen. Felicia Calhoun hatte es geschafft, das Schiff in den Linearraum zu bringen. Der VURGA blieben höchstens noch zehn Sekunden, dann konnte auch sie sich den Angreifern entziehen.
Ein stechender Schmerz raste durch seine linke Seite. Merlin erstarrte schier, wagte kaum zu atmen. Kalter Schweiß brach ihm aus allen Poren.
Ohrenbetäubend waren das jähe Wimmern der Absorber und das Dröhnen der Konverter. Eine Titanenfaust schien nach dem Frachter zu greifen. Ein eben noch fernes Hämmern schwoll zum Stakkato an.
»Der Schutzschirm bricht zusammen!«
»Hüllenbruch auf Deck 5!«
Alarm heulte auf. Die Sicherheitsschotten schlugen zu.
Ein Walzenraumer schob sich drohend näher. Sein Buggeschütz feuerte ununterbrochen.

Das Bild begann vor Merlins Augen zu verschwimmen. Alles um ihn herum schien in Bewegung geraten zu sein, er strauchelte, tastete vergeblich nach einem sicheren Halt. Im gleichen Augenblick wurde er von den Beinen gerissen und quer durch den Raum geschleudert.
»Wirkungstreffer!«
Halb eingeklemmt am Sockel eines Schaltpults, wartete Merlin auf die alles verbrennende Woge einer atomaren Explosion. Dann war Stille ringsum. Nur mehr wie aus weiter Ferne glaubte er Stimmen zu hören, sie klangen gedämpft an sein Ohr.
Ich bin erschöpft.
Liegenbleiben, einfach nur ruhig hier liegen und ein paar Sekunden verschnaufen.
Die VURGA hatte es geschafft, war wohl nur Bruchteile vor der drohenden Zerstörung in den Linearraum übergewechselt.
Rauh und aufgequollen klebte seine Zunge am Gaumen. Merlin wollte etwas sagen, brachte aber nur ein halb ersticktes Krächzen über die Lippen. Jemand kam eiligen Schrittes heran und ging neben ihm in die Knie. Merlin sah dennoch nur die Raumfahrerstiefel; es fiel ihm unsagbar schwer, den Kopf zu drehen.
»Alles wird gut.«
»Gebt mir ein Glas Vurguzz! Nur noch einen Vurguzz.«

Der Impulsschuß hatte die VURGA Sekunden vor dem Eintritt in den Überlichtflug in Höhe des Observatoriums getroffen. Ungehindert hatten die sonnenheißen Energien die Hülle durchschlagen und sich geradlinig durch das Oberdeck gebrannt. Vierzig-Meter-Korridore und halb gefüllte Tanks waren zur glühenden Hölle geworden. Im gleichen millionstel Sekundenbruchteil hatte der Waffen-

strahl zum zweitenmal die Schiffshülle durchdrungen, diesmal jedoch von innen nach außen. Ein unvergleichlich größeres Leck war entstanden, und wie die Erde bei einem heftigen Vulkanausbruch aufbrach und Magma spie, so hatten sich armdicke Risse gebildet, hinter denen auch Sekunden später noch gelblichweiße Glut waberte.

»Wir haben es geschafft, wir befinden uns vorerst in Sicherheit. Das ist wie ein Wunder.«

Frank Sattros II nickte zu dem erleichtert klingenden Stoßseufzer des Kommandanten. Die Warnanzeigen waren Legion, selbst in der hermetisch abgeriegelten Zentrale spürte er die sengende Hitze, die von dem höherliegenden Deck ausstrahlte.

Die plötzliche Stille erschreckte ihn. Er folgte den Blicken der Zentralecrew, dann warf er sich herum und hastete hinüber zum Kartentisch. Merlin hatte es nicht mehr geschafft, einen sicheren Halt zu finden; die Erschütterungen mußten ihn von den Beinen gerissen und quer durch die halbe Zentrale geschleudert haben. Verkrümmt lag er neben dem Sockel des Kartentischs, die linke Hand auf seinem Brustkorb verkrallt, den rechten Arm unnatürlich abgespreizt. Er war vermutlich gebrochen.

Merlin blinzelte schwach, sein Blick schien sich in weiter Ferne zu verlieren.

»Vater«, Frank kniete neben ihm nieder, wischte ihm mit der Hand über die schweißnasse Stirn, »wir haben es geschafft. Hast du Schmerzen?«

Merlin hörte ihn nicht.

»Den Bruch kriegen wir in wenigen Tagen wieder hin. Und mit den Springern wird die Flotte ...«

Die Augen starrten immer noch ins Leere, nur war kein Leben mehr in ihnen. Frank tastete nach der Halsschlagader. Er spürte keinen Puls mehr.

»Holt einen Medoroboter! Schnell!«
Das stumme Kopfschütteln des Kommandanten wirkte so verdammt endgültig. Der Strahltreffer hatte auch die medizinische Abteilung lahmgelegt.
»Nein«, keuchte er gegen die in ihm aufsteigende Verzweiflung an. »Komm zurück, Vater – komm zurück!«
Hastig begann er mit Wiederbelebungsversuchen, kämpfte minutenlang seinen eigenen stummen Kampf gegen den Tod. Aber Merlin Guck Sattros hatte diesen Kampf schon verloren.
Frank hielt die Tränen nicht mehr zurück, als er seinem Vater die Augen zudrückte.
»Wir werden Vurga wieder aufbauen, das verspreche ich dir. Wir lassen uns nicht unterkriegen, niemals!«
Aber jetzt mußte erst einmal Zeit sein, sich um die Lebenden zu kümmern.

Kapitel 12

Sieger und Besiegte

»Natürlich wollte dein Vater auf Vurga begraben werden, Frank, aber er hat auch die Erde geliebt. Es ist schon richtig so.«

»Trotzdem werde ich alles daransetzen, seinen Wunsch zu erfüllen.«

Gucky lächelte Piu zu, die ihn schon während der Trauerfeier angehimmelt hatte. Die Kleine gefiel ihm, sie erinnerte ihn an Helen Mertens, die eigentlich die treibende Kraft gewesen war. Ohne Helen hätte es wohl nie ein Vurguzz-Imperium gegeben.

Du wirst von vorne anfangen müssen, Piu, dachte Gucky.

Zu Frank Sattros II sagte er: »Ich verstehe deinen Zwiespalt. Aber Merlin hätte es akzeptiert, in Terrania begraben zu sein.«

Frank schüttelte heftig den Kopf. »Vurga ist unser Zuhause, Gucky. Ich weiß nicht, ob du dich da hineinversetzen kannst.«

Was hätte er erwidern sollen? Daß er Tramp, seine Heimatwelt, vermißte, die gewaltsam aus ihrer Bahn gerissen und in die Sonne gestürzt worden war? Daß es ihm im letzten Augenblick gelungen war, achtundzwanzig Ilts vor dem sicheren Tod zu retten? Achtundzwanzig nur …

Vorsichtig tastete er nach Franks Gedanken. Er spürte Entschlossenheit und Verzweiflung, vor allem aber Trauer.
»Wir haben viel gemeinsam, Frank, mehr, als du vielleicht glaubst. Ich lasse euch nicht im Stich, doch ich habe nicht die Fähigkeit, Geschehenes rückgängig zu machen.«
Frank warf einen letzten Blick zurück auf das blumenübersäte Grab. Terrania war von hier aus zu sehen, ebenso der Raumhafen. Dies war ein schöner Platz; Gucky war überzeugt davon, daß er Merlin gefallen hätte. Hier war man den Sternen nahe – und der Zukunft.
Ich will nichts anderes als eine Handvoll Schlachtkreuzer, die den Springern heimzahlen, was sie uns angetan haben, dachte Frank. *Damit sie sehen, wie das ist.*
»Du willst Rache, Frank.«
»Ich suche Vergeltung, das bin ich Merlin schuldig.«
»Dein Vater hätte keinen Krieg gewollt.«
Wenn du mir nicht helfen willst, Leutnant Guck, werde ich das Recht selbst suchen. Laut sagte Frank: »Wir haben einen Toten begraben, nur vergiß nicht die achtundsechzig Männer und Frauen der VURGUZZ BOWL. Auch sie wollten leben, aber niemand ließ ihnen nur den Hauch einer Chance.«
Piu war mittlerweile dazugekommen. Sie überragte den Mausbiber nur um einen halben Kopf.
»Du, Gucky«, plapperte sie ohne Scheu drauflos, »kannst du mit deinen Gedanken Opa Merlin erreichen? Sag ihm, daß wir ihn liebhaben und daß wir nach Vurga zurückwollen.«
Der Ilt rieb seine Nase an der Wange der Kleinen und zupfte ihr telekinetisch die Tränen weg.
»Ich weiß nicht, ob Merlin mich hören kann. Aber ein Stück von ihm ist in dir und auch in deinem Bruder. Ihr könnt es spüren, wenn ihr tief in euch hineinhört. Das solltet ihr immer tun, wenn wichtige Dinge zu entscheiden sind.«

Piu nickte zögernd.
»Ich will nach Vurga zurück«, sagte sie. »Dort waren wir glücklich.«

Das Abenteuer Andromeda und der Kampf gegen die Meister der Insel hatten der Menschheit die Grenzen ihrer wirtschaftlichen und militärischen Macht aufgezeigt. Perry Rhodan als Großadministrator des Solaren Imperiums war in den Folgejahren vor allem bestrebt gewesen, das Sternenreich zu festigen und auf tragfähige Fundamente zu stellen sowie jede bewaffnete Auseinandersetzung zu vermeiden. Den Frieden unter allen Umständen zu wahren hatte Priorität bei der vom Parlament mitgetragenen Außenpolitik.
Das war ein Grund gewesen, während der Raumschlacht zwischen Springern und Freihändlern nicht Partei zu ergreifen. Reginald Bull hatte damals schon gefordert, hart durchzugreifen.
Diesmal, eineinhalb Wochen nach der im engen Familienkreis erfolgten Beisetzung Merlin Guck Sattros', redete er davon, daß es trotz allem galt, ein Exempel zu statuieren.
»... andernfalls werden die Rotbärte uns Terranern bald auf der Nase herumtanzen. Das, meine Damen und Herren Parlamentarier, kann nicht Ihr Wunsch sein. Vurga ist und bleibt terranisches Hoheitsgebiet, kein Mitglied der Sattros-Familie hat bis zum heutigen Tag Antrag auf Autarkie gestellt. Und hat nicht jeder von Ihnen immer gern nach den Sitzungen ein Glas Vurguzz getrunken?«
»Das kann nicht ausschlaggebend sein«, unterbrach ein Zurufer von den Rängen.
»Das ist es auch nicht«, antwortete Reginald Bull. »Trotzdem sind wir gezwungen, eine Flotte in Marsch zu setzen. Nur weil Vurga praktisch unbesiedelt ist, dürfen wir nicht

die Augen verschließen. Stellen Sie sich vor, der Angriff hätte einer der 1151 anderen Welten gegolten, einer Millionenmetropole möglicherweise. Ein einstimmiger Aufschrei des Entsetzens hätte dieses ehrwürdige Haus erschüttert.«
Zwei Tage später sammelte sich im Bereich der Plutobahn eine Flotte von beachtlicher Schlagkraft. Fünf 800 Meter durchmessende Schlachtschiffe der STARDUST-Klasse, dazu weitere fünf Schwere Kreuzer der SOLAR-Klasse mit jeweils 500 Metern und sieben Einheiten der TERRA-Klasse. Zusammen mit ihren Beibootflottillen stellten sie ein nicht zu unterschätzendes Aufgebot dar. Flaggschiff war die BLACK HILLS, ein Schlachtkreuzer unter dem Kommando von Oberst Don Redhorse.
Von Bord einer in Terrania gestarteten Space-Jet teleportierte Mausbiber Gucky mit Frank Sattros II in die Zentrale der BLACK HILLS.
»Von mir aus kann es losgehen«, meldete er ziemlich unmilitärisch.
Redhorses Miene blieb unbewegt. Er nickte knapp. »Na dann«, war sein einziger Kommentar.
Drei Linearetappen brachten die Flotte bis in unmittelbare Nähe des Vurga-Systems. Der letzte längere Zwischenstopp erfolgte im Bereich einer strahlungsarmen Doppelsonne, fünfundzwanzig Lichtjahre vom Ziel entfernt. Da die Sonne nicht über Planeten verfügte, war die Gefahr einer zufälligen Entdeckung durch Schiffe der Aras, Akonen oder Springer denkbar gering.
Die auf Hochleistung arbeitenden Hyperortungen und der Funkempfang brachten nichts Verwertbares ein. Der unmittelbare Bereich von Vurga war so taub wie der Leerraum zwischen den Galaxien.
Am 10. August 2435 verließen die Schiffe den Linearraum an strategischen Positionen im Randbereich des Vurga-

Systems. Lediglich die BLACK HILLS und zwei Raumer der STARDUST-Klasse näherten sich Vurga und dessen Mond noch mit halber Lichtgeschwindigkeit.
»Keine Ortungen!« wurde gemeldet.
»Hyperfunk und Normalfunk nicht feststellbar. Lediglich Störungen durch eine erhöhte Sonnenfleckentätigkeit.«
Frank Sattros II wandte den Blick nicht von den Schirmen, auf denen die Oberfläche des Planeten erschien. Nichts wirkte ungewöhnlich. Sie sahen den dichten Dschungel, der gelegentlich von Wasserflächen durchbrochen war, und über der Äquatorregion mächtige Wolkenbänke.
Das Schiff schwenkte in einen Orbit ein. Obwohl nach wie vor die Ortungen schwiegen, behielt Don Redhorse die Alarmbereitschaft bei.
»Die Springer müssen gewarnt worden sein«, platzte Sattros heraus. »Sie sind geflohen.«
»Nein«, sagte Redhorse. »Ich verbürge mich dafür, daß unsere Aktion nicht bekanntgeworden sein kann.«
»Aber …« Nervös knetete Frank seine Finger. »Die Springer greifen uns doch nicht an, vernichten ein Raumschiff und verschwinden anschließend wieder, als hätte es sie nie gegeben?«
»Ich glaube, Mister Sattros, Sie verallgemeinern«, erklärte Don Redhorse. »Nicht *die Springer* schlechthin haben Vurga angegriffen, denn dann wäre Ihre Welt womöglich im Atombrand vernichtet worden, sondern eine einzelne Sippe. Wie viele Schiffe, sagten Sie, haben Ihre Kaulquappen verfolgt?«
»Fünfzehn oder zwanzig. So genau kann ich es nicht wiedergeben.« Sattros zuckte mit den Schultern.
»Keine Springersippe würde sich allein mit dem Solaren Imperium anlegen. Vermutlich haben Sie mit Ihrem Vurguzz in letzter Zeit die Verdienstspanne eines Patriarchen

beschnitten. Er kommt, schlägt zu und verschwindet ebenso schnell und spurlos wieder. Somit hat er einen lästigen Konkurrenten weniger.«
»Er hat genug verbrannte Erde zurückgelassen.« Gucky zeigte auf den Panoramaschirm, auf dem soeben das Gebiet der ehemaligen Fabrikanlage erschien.
Sattros schluckte krampfhaft, er brachte keinen Ton über die Lippen. Über Hunderte von Kilometern hinweg sah man nur verbranntes Land. Das Schachbrettmuster der Plantagen war von den Impulsgeschützen der Springerwalzen umgepflügt worden. Die Fabrik, die Tankanlagen, der kleine Raumhafen – nur noch geschmolzener, zu bizarrer Schlacke erstarrter Stahl. Die schmucken Wohnhäuser im Süden waren einfach von der Oberfläche wegradiert. Es war nicht einmal mehr feststellbar, wo sie überhaupt gestanden hatten.
»Vurga war unser Leben«, brachte Frank Sattros stockend hervor.
»Heißt das, Sie geben auf?« wollte Don Redhorse wissen.
Frank wirbelte zu ihm herum. »Nein! Niemals!« In seinem Gesicht zuckte es heftig, immer und immer wieder drosch er die zur Faust geballte Rechte in die geöffnete linke Handfläche. »Ich werde alles neu aufbauen, größer und schöner als jemals zuvor.«
Gucky esperte seinen Wunsch, nach unten zu gehen, die Vernichtung aus nächster Nähe zu sehen. Wortlos ergriff er Franks Hand und teleportierte mit ihm.
Asche wirbelte unter ihren Füßen auf. Sogar der Boden war verbrannt. Hier gab es kein Grün mehr, das sich der Sonne entgegenstreckte.
Langsam drehte Frank sich einmal um sich selbst. Er glaubte, den Verstand zu verlieren. Dann ließ er sich in die Hocke sinken, fuhr mit beiden Händen tief in die Krume und ließ die schwarze, tote Erde langsam durch seine

Finger rieseln. Der Wind verwehte sie wie Staub.
»Wieso sind intelligente Wesen zu so etwas fähig?«
»Geschäfte«, sagte Gucky. »Du hast immer nur auf Vurga gelebt und das Gute gesehen, aber das ist eben nur ein Bruchteil des wirklichen Lebens.«
»Ich hatte noch gezweifelt, was ich wirklich tun soll.«
»Ich weiß.«
»Nun bin ich mir sicher, daß ich eine Aufgabe habe. Vurguzz wird es noch in tausend Jahren geben, und zwar überall in der Galaxis.«
»Aber die ersten Fässer aus der neuen Produktion gehen an Don Redhorse, Bully und mich«, platzte Gucky heraus. »Versprochen?«

Zufrieden zwirbelte Patriarch Wettan seine Bartenden. Seit vier Monaten war terranischer Vurguzz kein Thema mehr für ihn; wenn er es recht betrachtete, war Vurguzz überhaupt nie wirklich eine Konkurrenz gewesen. Heute waren seine eigenen Umsätze größer als zuvor.
Kein terranischer Kreuzer war erschienen, um ihn für den Überfall zur Rechenschaft zu ziehen. Überhaupt hatte das Solare Imperium mehr als genug mit sich selbst zu tun. Terra stand am Abgrund, und Wettan selbst hätte den hochmütigen Menschen liebend gerne den Tritt verpaßt, der sie endgültig und unwiderruflich in die Tiefe stürzte.
Ein gigantischer Kontrahent war aufgetaucht, dessen Erscheinen bei allen galaktischen Geheimdiensten Hyperaktivitäten ausgelöst hatte: ein riesiges Trägerschiff mit schätzungsweise fünfzehntausend Ultraschlachtschiffen an Bord.
Genüßlich ließ sich Wettan die Zahl auf der Zunge zergehen. Vor allem weil er wußte, daß die unbekannten Herren dieser gewaltigen Maschinerie sich gegen Terra wandten.

Im Vurga-System waren seit acht Wochen zwei terranische Kreuzer stationiert. Sie interessierten ihn nicht. Überhaupt war der Planet für ihn uninteressant geworden. Nie hatte er auch nur in Erwägung gezogen, sich mit der terranischen Militärmacht anzulegen. Seine Flotte hatte zugeschlagen, ohne Spuren zu hinterlassen, und die Laderäume mit Vurga-Pflanzen vollgestopft.
Anfangs hatten die Sträucher gekümmert und alle Blätter ebenso wie die Fruchtansätze abgeworfen, inzwischen gediehen sie prächtig, sowohl auf den Feldern von Werras IV als auch in den hydroponischen Anlagen seiner Schiffe.
Ein Anruf kam auf Kurzstreckenkommunikation herein. Als der Patriarch sich nach vorne beugte, raste ein stechender Schmerz durch seine Kopfhaut.
»Verdammt, du tust mir weh!« Mit einer unwilligen Armbewegung stieß er den Naat zur Seite, der seit über einer Stunde vesuchte, sein wallendes Haupthaar zu flechten. »Stümper!« herrschte er den Sklaven an. »Geh mir aus den Augen!«
Dienernd verschwand das drei Meter große Geschöpf mit den überlangen Armen aus dem weitläufigen Wohnraum. Wettan hatte den Naat Sekunden nach dem Zwischenfall schon wieder vergessen, er aktivierte den Empfang.
Die WET I und zehn andere Schiffe der Sippe hielten einen stationären Orbit über Werras IV, den er wie die Planeten einer Handvoll anderer Sonnensysteme zu seinen persönlichen Besitztümern zählte. An Bord seines Flaggschiffes fühlte er sich weitaus wohler als auf der Oberfläche eines Planeten.
Korobbar war der Anrufer und persönlich verantwortlich für die Aufzucht der Vurguzz-Pflanzen. Vor zehn Tagen hatte er erst gemeldet, daß die Sträucher zu blühen begonnen hatten – nur Stunden später war der Vorgang auch an

Bord der Frachter zu beobachten gewesen. Seither hing ein Geruch von Anis, den selbst die Luftumwälzung nicht ausfiltern konnte, in allen Räumen.

»Du willst mir bestimmt sagen, daß die ersten Früchte geerntet wurden? Bald werden wir wissen, ob sie wirklich das Leben verlängern.«

Wettan lachte dröhnend wie über einen besonders gelungenen Witz. Er hatte Aras gebeten, seine Vurguzz-Früchte zu analysieren. Falls es wirklich stimmte, was viele Terraner zu glauben schienen, würde er die Galaxis mit den Beeren überschwemmen und dabei das Geschäft seines Lebens machen.

Korobbar wirkte ungewöhnlich blaß. Vielleicht war er krank, zumindest übermüdet.

»Vernichte die Pflanzen, Wettan!«

Er war nicht nur krank – er mußte verrückt geworden sein.

»Sie mutieren und geben Giftstoffe an die Luft ab, die uns töten.«

Der Patriarch winkte ab. Er wollte spontan die Verbindung unterbrechen, als Korobbar vor der Optik in die Knie brach. Sein Gesicht war inzwischen totenblaß.

»Die Mutation ist bewiesen, die Pflanzen verändern sich, aber eine Komponente fehlt. Vielleicht die Strahlung der Sonne von Vurga oder der Planet selbst ... Die Pflanzen zerfallen, es geht wahnsinnig schnell.«

Sekundenlang war Wettan wie taub. Dann löste er Alarm aus.

»Abschalten der Luftumwälzung! Hermetische Abriegelung der hydroponischen Gärten und Desinfektionsmittel in alle Räume fluten!«

Er spürte die Übelkeit in seinen Gliedern emporkriechen, eine schreckliche Kälte, die ihn erschauern ließ. Einbildung? Zweifellos war es das ebenso wie das dumme Geschwätz Korobbars.

Über die Bordsprechanlage konnte er die Vorgänge auf den Decks der hydroponischen Anlage verfolgen. Die Vurga-Beeren zersetzten sich tatsächlich. Der Vorgang spielte sich in Minutenschnelle ab. Als würden sie von einem unsichtbaren Feuer verzehrt, lösten sie sich auf. Staubwolken blieben. Auch von den Blättern und den Ästen der Sträucher.
Die Medoroboter hatten mit einer Analyse begonnen.
»Pilzbefall«, meldeten sie. »Die Pflanzen besitzen keine Abwehrstoffe dagegen.«
Längst atmete Wettan die Luft seines Raumanzugs. Trotzdem fraß die Kälte sich immer tiefer in seinen Leib. Wie betrunken torkelte er in die Zentrale. Die Hälfte der Mannschaft lag bewußtlos am Boden, nur wenige hatten die Gefahr erkannt und die Schutzanzüge angelegt. Aber auch das verschaffte ihnen wohl nur eine Galgenfrist.
Wettan sah, wie einer der Männer sich mit der Hand durchs Gesicht fuhr und dabei deutliche Spuren auf der grauen Haut hinterließ. Das war keine Haut, das war Pilzmyzel, das sich rasend schnell ausbreitete und jedes Leben erstickte. Auch Wettan rang bereits nach Atem und glaubte zu spüren, wie das Geflecht in seiner Lunge wucherte.
Einer der Medoroboter meldete, daß die Sporen sich innerhalb von wenigen Stunden von selbst inaktivierten und keine Gefahr mehr darstellten.
Zu spät.
Wettans letzter Gedanke galt der Ironie des Schicksals. Es war ein Fehler gewesen, die Sträucher von Vurga zu entfernen, der einzige Fehler, den er je gemacht hatte.

ENDE

GLOSSAR

Begriffe und Bezeichnungen aus dem PERRY RHODAN-Universum

Arkoniden
Völlig menschenähnliches, technisch hochentwickeltes Volk, das bereits in die Degeneration gefallen ist. Es war eines ihrer kugelförmigen Raumschiffe, das Major Perry Rhodan und die Crew der STARDUST bei ihrer Mondlandung fanden.

Danton, Roi
Pseudonym von Perry Rhodans Sohn Michael. Um aus eigener Kraft zu einer Identität zu finden, tritt er erstmals 2435 als »König« der Freihändler an das Licht der Öffentlichkeit. Er spielt die Rolle eines stutzerhaften Rokoko-Adeligen.

Explorerflotte
Spezialflotte des Solaren Imperiums zur Erforschung unbekannter Regionen der Milchstraße. Sie besteht aus rund zehntausend Spezialraumschiffen der 500-Meter-Klasse. Chef der Explorerflotte ist Reginald Bull.

Freihändler
Organisation aus Terranern und Bewohnern von Siedlungswelten des Solaren Imperiums mit dem Ziel, das Handelsmonopol der Springer zu brechen.

Gazelle
Diskusförmiger, 30 Meter durchmessender Fernaufklärer mit Transitionsantrieb. Vorläufermodell der späteren Space-Jet.

Kaulquappe
60 Meter durchmessendes Kugelraumschiff, eigentlich ein Beiboot. Vorläufermodell der späteren Korvetten.

Robotregent
Gigantisches Robotgehirn auf dem Planeten Arkon III. Es besitzt die Regierungsgewalt über das infolge der Degeneration zerbröckelnde Große Imperium der Arkoniden.

Springer
Galaktische Händler, die von den Arkoniden abstammen. Die Springer verbringen ihr Leben fast überwiegend an Bord ihrer walzenförmigen Raumschiffe. Sie sind in Sippen zusammengeschlossen, die jeweils dem Befehl eines Patriarchen unterstehen. Seit achttausend Jahren besitzen sie das galaktische Handelsmonopol und wachen eifersüchtig darüber, daß ihnen keine ernstzunehmende Konkurrenz erwächst.

Wanderer
Kunstplanet und Sitz der Superintelligenz ES. Hier wurde Perry Rhodan und anderen die Zelldusche gewährt, die ein Anhalten des Alterungsprozesses für jeweils 62 Jahre bewirkte.

SPACE ADVENTURES
zur Science Fiction-Serie

DEUTSCHE ERSTVERÖFFENTLICHUNG

Perry Rhodan

DAS VURGUZZ-IMPERIUM 412 von Hubert Haensel
ISBN 3-932234-58-8
Taschenbuch, 192 Seiten mit 8 Illustrationen,
attraktiver Sammlerpostkarte und hochwertiger Prägung
DM 9,80/öS 72,-/sFr 9,80

ÜBERALL, WO ES BÜCHER GIBT

Weiterhin lieferbar:

* TUULEMAS WELT 404 von Horst Hoffmann · ISBN 3-932234-50-2
* RÜCKKEHR NACH DEROGWANIEN 405 von Achim Mehnert · ISBN 3-932234-51-0
* DAS SYNDIKAT DER MÄCHTIGEN 406 von Konrad Schaef · ISBN 3-932234-52-9
* DER PROGRAMMIERTE ATTENTÄTER 407 von Uwe Anton · ISBN 3-932234-53-7
* DRAGON TOWER 408 von R.C. Quoos-Rabe · ISBN 3-932234-54-5
* GEHEIMKOMMANDO IPRASA 409 von Peter Terrid · ISBN 3-932234-55-3
* RAUMSCHIFF ZU VERKAUFEN 410 von Arndt Ellmer · ISBN 3-932234-56-1
* DAS VERSTECK DER STERNENGARDE 411 von Rainer Castor · ISBN 3-932234-57-X
* DAS VURGUZZ-IMPERIUM 412 von Hubert Haensel · ISBN 3-932234-58-8

http://www.burgschmiet.com
Burgschmiet Verlag GmbH, Burgschmietstraße 2-4, 90419 Nürnberg
Tel.:0911/399060, Fax: 0911/3990639

BSV

PerryRhodan
DIE GRÖSSTE
SCIENCE FICTION-SERIE
DER WELT
PerryRhodan
Die Cynos
60 Silberbände
PC-Spiele
PerryRhodan
über 400
Taschenbücher
SPACE-THRILLER
Konrad Schaef
Mauern der Macht
Die neue Reihe:
Space Thriller
Fan-Artikel
Atlan
ZEITABENTEUER
KONTINENTE DES KRIEGES
Atlan
Zeitabenteuer
Das Heft
1. Auflage
jede Woche neu
MEHR INFOS,
SPASS UND UNTERHALTUNG
MIT PerryRhodan IM INTERNET:
http://www.Perry-Rhodan.net
Infoline: 0190 - 190136 12 Pfg./6 Sek.